En la cama de su ex marido

Melanie Milburne

Bianca®

HARLEQUIN®

Editado por **HARLEQUIN IBÉRICA, S.A.**
Hermosilla, 21
28001 Madrid

I.S.B.N.: 84-671-3831-9
Depósito legal: B-6967-2006
Editor responsable: Luis Pugni
Composición: M.T. Color & Diseño, S.L.
C/. Colquide, 6 - portal 2-3º H, 28230 Las Rozas (Madrid)
Fotomecánica: PREIMPRESIÓN 2000
C/. Algorta, 33. 28019 Madrid
Impresión y encuadernación: LITOGRAFÍA ROSÉS, S.A.
C/. Energía, 11. 08850 Gavá (Barcelona)
Fecha impresion para Argentina: 2.10.06
Distribuidor exclusivo para España: LOGISTA
Distribuidor para México: CODIPLYRSA
Distribuidores para Argentina: interior, BERTRAN, S.A.C. Vélez
Sársfield, 1950. Cap. Fed./ Buenos Aires y Gran Buenos Aires,
VACCARO SÁNCHEZ y Cía, S.A.
Distribuidor para Chile: DISTRIBUIDORA ALFA, S.A.

Prólogo

Hotel Creston Tower, Sidney
Viernes, 13 de septiembre, 10:33 p.m.

—¡Señora Gresham! —una periodista se lanzó hacia Carli micrófono en mano en cuanto se abrieron las puertas del ascensor—. Cuéntenos cómo ha sido quedarse atrapada en un ascensor durante dos horas con su ex marido, Xavier Knightly.

—Sin comentarios —contestó Xavier por ella, tomando su brazo para sacarla del círculo de reporteros.

—¿Señora Gresham? —el micrófono de nuevo se dirigió hacia Carli—. ¿Es cierto que rompió su matrimonio con Xavier Knightly para proseguir su carrera como abogado?

—Por favor, deje de molestar —replicó Xavier, enfadado—. No tenemos nada que decir.

—La conferencia que ha dado esta tarde era muy interesante, señora Gresham —insistió la reportera—. ¿Tiene algo que añadir?

–Yo... –Carli abrió la boca para contestar, pero Xavier tiraba de ella hacia la puerta que llevaba a la escalera–. ¿Dónde vamos?

–A mi habitación, a tomar esa copa que te prometí hace dos horas –contestó él–. Yo diría que nos hace falta. A los dos.

Carli estaba de acuerdo, aunque no lo dijo en voz alta.

–Bonita suite –murmuró después, mirando la vista del puerto–. Los que viajamos en tercera clase no disfrutamos de tantas comodidades. Pero tú siempre has querido lo mejor, claro.

Xavier clavó en ella sus ojos azules.

–¿Te molesta?

–No, a menos que otra persona tenga que pagar por ello.

–La habitación está pagada.

–No me refería a eso y tú lo sabes.

–Mira, Carli, vamos a dejar el tema feminista por un rato. Te he pedido que subieras a mi habitación para tomar una copa, no para dejar que intentes castrarme.

Ella hizo un gesto de indignación.

–¿Por qué cuando se trata del tema de la igualdad de sexos los hombres siempre piensan que las mujeres intentan castrarlos?

–Ya te he dicho que no quería hablar de eso.

–No, claro. En la cumbre se está demasiado cómodo y no te apetece hacer sitio para nadie más.

Xavier dejó escapar un suspiro.

–¿Qué quieres tomar? –preguntó, volviéndose hacia el bar.

De nuevo, Carli tuvo que hacer un esfuerzo para contener su indignación. Tratarla como si fuera una niña obstinada era algo que su ex marido había perfeccionado durante sus tres años de matrimonio. Y seguía sacándola de quicio.

–No quiero tomar nada.

–Muy bien. ¿Quieres ir al baño? Es esa puerta.

Carli se dio la vuelta y entró en el cuarto de baño, intentando no mirar la cama que ocupaba la mitad de la suite.

Una vez allí, se tomó su tiempo, lavándose las manos y peinándose un poco el rizado pelo castaño. Pero, por mucho que lo intentase, no podía borrar el nerviosismo, la expresión agitada que reflejaba el espejo.

Quedarse atrapada en un ascensor con el hombre del que se había divorciado cinco años antes no era muy recomendable, pensó, irónica. Le había molestado saber que Xavier acudiría a la conferencia sobre derecho de familia, que estaría observándola, escuchándola... odiándola.

Respirando profundamente, salió del baño y volvió a enfrentarse con su ex marido.

–¿Has cambiado de opinión sobre la copa?

–Sí, tomaré un vaso de agua.

Carli lo observó sacar una botella de agua mineral de la nevera y echar hielos en un vaso.

Después, lo estudió por encima del vaso. No había cambiado mucho en esos cinco años. Las mismas facciones atractivas, el mismo pelo negro... aunque tenía algunas canas en las sienes.

A los treinta y seis años, seguía manteniéndose en forma: el estómago plano, los bíceps marcados. Estaba moreno, a pesar del frío invierno de Sidney. Su ropa era siempre de la mejor calidad y, con la camisa de seda italiana remangada hasta el codo, mostraba unos antebrazos fuertes y cubiertos de vello oscuro.

Era el epítome del hombre de éxito. El poder, el dinero y los privilegios eran algo que Xavier Knightly daba por sentado. Su reputación como abogado de familia era bien conocida en todos los círculos legales. Con Xavier Knightly de tu lado, no era necesario nada más. Era un experto y muchos de sus colegas se lo pensaban dos veces antes de actuar como contrarios.

Carli lo miró y tuvo que tragar saliva. Había visto cada milímetro de ese cuerpo de metro noventa, lo había visto en momentos de pasión, en momentos de enfado, en momentos de ternura... Habían compartido tantas cosas, pero, al final, no fue suficiente.

—Siéntate. Y, por favor, deja de mirarme con esa cara de enfado.

–No estoy enfadada.

–Sí lo estás. Me miras con la cara de «todos los hombres son unos cerdos».

–No seas ridículo –replicó ella, dejándose caer en el sofá.

–¿Lo ves? Ya estás enfadada.

Carli tuvo que sonreír.

–No hay quien te aguante.

Xavier la miró entonces, pensativo.

–Se me había olvidado lo guapa que eres cuando sonríes.

Carli apartó la mirada. No quería oír esas cosas...

–Mírame, Carli.

Ella levantó la mirada y se le encogió el corazón al pensar que no volvería a ver esos ojos azules.

Xavier le había prometido que si tomaban una copa no volvería a ponerse en contacto con ella nunca más...

Aquél era el telón final para su turbulenta relación.

–Debería irme –murmuró, levantándose–. Habíamos dicho una copa y...

–No –la interrumpió Xavier.

–¿Cómo que no?

–Sé que es tarde, pero podrías cenar conmigo.

–¿Cenar?

–¿Tienes algo en contra?

–No, pero... cenar juntos seguramente no es buena idea –señaló ella–. Seguramente acabaríamos discutiendo y montando un espectáculo en el restaurante.

–No habrá espectáculo si cenamos aquí.

Debería haber imaginado que diría eso, pensó Carli, irritada consigo misma por caer en la trampa.

–No tengo hambre.

–Estás muy delgada.

–Y tú eres muy arrogante.

–Y tú demasiado sensible.

–Y tú te estás portando como un idiota –replicó Carli, intentando conservar la calma–. ¿Qué haces? –exclamó cuando Xavier dio un paso hacia ella.

–Si insistes en marcharte, yo insisto en un último beso.

Carli se pasó la lengua por los labios de forma inconsciente.

–No voy a besarte –contestó. Pero a su tono le faltaba la convicción necesaria.

–¿Ésa es la verdad, toda la verdad y nada más que la verdad?

–No te hagas el listo conmigo, Xavier. He venido sólo a tomar una copa y tú lo sabes muy bien.

–Un beso, Carli, por los viejos tiempos.

Ella conocía bien sus besos. Y sabía que con uno no sería suficiente. Y debía evitarlo por todos los medios.

–Tengo que irme –murmuró. Pero cuando iba a darse la vuelta, Xavier la tomó del brazo.

–¿De qué tienes miedo?

–Yo no tengo... –Carli dejó escapar un suspiro, irritada–. Sencillamente, no creo que debamos repetir ciertas experiencias. Eso es todo.

En la habitación se hizo un silencio pesado.

Su corazón empezó a latir con una fuerza desmesurada y sus piernas la traicionaron. Vio que Xavier se acercaba, como a cámara lenta, pero no podía hacer nada para evitarlo...

Su ex marido la besó con tal suavidad que pensó que lo estaba imaginando, pero entonces lo hizo otra vez, con más firmeza, y Carli sintió que sus labios ardían, que se abrían sin que ella les diera permiso, buscando más...

Sintió las manos de su ex marido acariciando su pelo como lo había hecho cinco años atrás y sintió también su cuerpo, duro como una piedra, la erección masculina rozando su estómago, y respondió como si alguien hubiera pulsado un interruptor. Sintió el deseo brotar entre sus piernas y su decisión de resistir desapareció.

Le devolvió el beso con la desesperación de cinco años de soledad, deseándolo con tal intensidad que sabía que ya no habría marcha atrás.

Sus lenguas se enredaban, la de él repitiendo una acción que había hecho con otra parte de su cuerpo muchas veces en el pasado.

El beso enviaba llamas de deseo a todos sus lugares secretos, como si estuviera extendiendo un líquido inflamable dentro de ella. Carli no podía contenerse. El placer era irresistible. Nada la había preparado para aquella conflagración. Necesitaba sus manos, su boca, su deseo por ella, que le recordaba lo que habían compartido en el pasado, cuando se sentía segura entre sus brazos...

Xavier se apartó un poco y, aunque no dijo nada, la pregunta quedó colgada en el aire. Carli la vio en los ojos azules y contestó tomándolo por la cintura para deslizar después las manos hasta sus nalgas y apretarlo más contra ella.

Sin dejar de besarla, Xavier la tomó en brazos y la llevó a la cama. Ella lo observó quitarse la ropa a toda velocidad, su deseo aumentando al ver aquel cuerpo desnudo que conocía tan bien.

Él se tumbó a su lado y, en unos segundos, la ropa de Carli se reunió con la suya en el suelo. Sentir el cuerpo masculino deslizándose sobre el suyo era como una droga; lo deseaba tanto que apenas podía respirar.

Se negaba a pensar en el día siguiente y en cómo se sentiría después de aquel encuentro: lo deseaba con una desesperación que ni siquiera ella sabía que sintiera. Necesitaba que llenase el vacío que había en su interior y cuando sus muslos cubiertos de vello encerraron los suyos, supo que ya no había escapatoria.

Ni quería que la hubiera.

Xavier acariciaba sus pechos mientras hacía círculos con la lengua sobre sus pezones. Después se deslizó para besar su estómago, su ombligo, metiendo y sacando la lengua hasta que Carli empezó a revolverse, agitada. Y contuvo el aliento cuando siguió hacia abajo, la caricia de su aliento entre las piernas haciéndola sentir un frenesí de anticipación. Carli se agarró al embozo de la cama, anclándose allí para soportar la tormenta de sentimientos que su lengua provocaba. Cuando pensaba que no podría soportarlo más, Xavier subió para buscar su boca y, con un movimiento rápido, entró en ella, dejándola sin aire.

Había pasado tanto tiempo...

Enseguida empezó a marcar un ritmo rápido que la excitaba aún más porque demostraba que el deseo de él era tan fuerte como el suyo. Lo sentía duro y caliente dentro de ella y cuando la tocó íntimamente con los dedos para aumentar el placer, Carli se mordió los labios para no gritar. Xavier conocía tan bien su cuerpo, sabía tan bien lo que le gustaba...

Sintió el primer espasmo de placer como un golpe que lo convirtió todo en un caleidoscopio de colores fragmentados en su cerebro. Y el siguiente y el siguiente, hasta que apenas podía respirar. Lo sintió prepararse para el momento supremo, empujando con fuerza, estallando dentro de ella con un grito ahogado.

Poco a poco, su pesado cuerpo se fue relajando y Carli sintió su aliento en el cuello.

—¿Ha sido demasiado rápido? —preguntó él con voz ronca, apoyándose en un codo para mirarla.

—No deberíamos haberlo hecho —contestó Carli, apartando la mirada.

—Probablemente, no —asintió Xavier, deslizando un dedo por su estómago—. Pero dadas las circunstancias era inevitable.

—No es buena idea que dos personas divorciadas vuelvan a... verse. Sólo causa confusión y dolor.

Xavier se tumbó, colocando las manos detrás de la nuca.

—Lo dices como si te lo hubieras aprendido de memoria. Sólo ha sido un revolcón, Carli... no pasa nada.

—Quizá para ti no, pero para mí sí.

Él se volvió para mirarla.

—¿Estás diciendo que sigues sintiendo algo por mí?

—No, claro que no. Tú mataste lo que sentía hace mucho tiempo.

Si esa respuesta lo había desilusionado, no lo demostró. Sencillamente, se quedó donde estaba, con las manos en la nuca y los ojos cerrados, como si no pasara nada.

Carli apretó los dientes. Debería haberlo imaginado. Debería haber sabido cuando empezó a dar su conferencia sobre los obstáculos con los que se encuentran las mujeres jóvenes en el campo del derecho que él estaría sentado en la tercera fila, esperando para lanzarse sobre ella cuando llegase el momento de las preguntas.

La pública batalla de preguntas y respuestas sin duda había sido parte de un juego previo... para convencerla después de que tomaran una copa, algo que Xavier Knightly tenía bien planeado.

–Lo habías planeado todo, ¿verdad? –exclamó Carli, saltando de la cama.

–Sigues teniendo demasiada imaginación –contestó él.

–¿Crees que no te conozco? Todo esto estaba preparado y yo... yo he caído en la trampa como una tonta –murmuró ella, abrochándose la blusa a toda prisa, sin molestarse en buscar el sujetador–. Una copa por los viejos tiempos... ¿Crees que soy tan tonta como para creerme esa bobada?

–Aparentemente, así es –contestó él, irónico.

Carli miró alrededor para buscar algo que pudiera tirarle a la cabeza. Pero aquella vez no había a mano ningún preciado jarrón de la familia Knightly.

–Yo que tú no lo haría. Ya sabes que destrozar una habitación de hotel es un delito.

–Eres un arrogante, un machista, un oportunista, calculador, vengativo, arrogante...

–Eso ya lo has dicho –la interrumpió él–. Por favor, si vas a insultarme, intenta ser original.

Carli estaba tan furiosa que lo veía todo rojo.

–¡No quiero volver a verte en toda mi vida!

–En eso habíamos quedado. Una copa y prometí no volver a verte nunca.

–Nunca, jamás. No quiero volver a verte o a hablar contigo en lo que me queda de vida.

–Muy bien, como tú quieras –sonrió Xavier, tan irónico como siempre.

Carli lo habría abofeteado.

–¡Te odio!

–Ya me lo imagino. Por eso pediste el divorcio hace cinco años. Si no me odiaras, no habríamos tenido que perder tiempo y dinero en los tribunales.

Ella se dio la vuelta para que no pudiera ver las lágrimas en sus ojos.

–Ah, por favor, dame la carta del restaurante antes de irte. Tengo hambre.

Carli se volvió y, con una expresión muy poco elegante, le dijo lo que podía hacer con ella.

Xavier soltó una carcajada y, furiosa, Carli tomó la carta, la hizo pedacitos y los tiró sobre la cama como si fueran confeti.

–*Bon appétit* –dijo, a modo de despedida, antes de cerrar de un portazo que hizo vibrar los cuadros del pasillo.

Xavier escuchaba el repiqueteo de sus tacones,

cada paso haciendo una nueva herida en su pecho...

Furioso, tomó los trocitos de papel que ella había tirado sobre la cama y, soltando una palabrota que haría enrojecer a un curtido marinero, los lanzó al suelo con rabia.

Capítulo 1

Tres meses después...

Carli miraba el puntito rosa con expresión ate-
rrorizada.

–¡Dios mío, no puede ser! –murmuró, agarrán-
dose al lavabo.

Embarazada.

De Xavier.

Abrió los ojos para mirar la prueba de nuevo,
pero allí estaba, el puntito rosa.

Consiguió llegar hasta su dormitorio como
pudo, temblando, helada de frío.

Debía ser un error.

Tenía que ser un error.

Sólo habían estado juntos esa vez, en el hotel
de Sidney en el que dio la conferencia. Y estaba
segura de que era un momento seguro del mes...
aunque, si era sincera consigo misma, ni había
pensado en ello en aquel momento.

Rabiosa, golpeó la almohada con el puño, mor-
diéndose los labios.

Había salido de la habitación jurándose a sí misma que jamás volvería a verlo... sin imaginar que aquello podría pasar. Sin imaginar que un loco momento de pasión podría poner su vida patas arriba.

No se lo diría.

Pero, ¿y si se enteraba? Xavier era uno de los abogados más famosos de Sidney y estaba segura de que la demandaría si era necesario.

Muy bien, tendría que decírselo. Era su obligación decírselo.

Sí, como si él fuera a aceptar la noticia encantado...

—Dios mío —murmuró—. No puedo hacerlo, no puedo hacerlo.

De repente, las náuseas la obligaron a levantarse de la cama... y apenas tuvo tiempo de llegar al baño.

Cuando se miró al espejo, se quedó horrorizada al ver su palidez y la expresión de miedo que había en sus ojos de color caramelo.

Carli tardó veintisiete días más en reunir coraje para hacer lo que tenía que hacer. Mientras subía al despacho de Xavier, se llevó una mano al abdomen, como para darse valor. No había llamado para decirle que iba a verlo porque sabía que le habría dado la noticia por teléfono. Pero no, tenía que hacerlo cara a cara.

–El señor Knightly está en el juzgado y no volverá hasta las cuatro –le dijo su secretaria.

Tres horas. No podía esperar allí tres horas. Pero si se marchaba quizá no encontraría valor para volver.

–¿Su nombre, por favor?

–Carli Gresham –contestó ella.

–¿Carli de Carla? –preguntó la secretaria, levantando una ceja.

–No, Carli... no se preocupe, él sabe quién soy.

Xavier era la única persona que la llamaba Carli y tan sólo cambiando una letra había conseguido robarle la capa de sofisticación que con tanto ahínco ella había intentado mantener.

–¿Quiere tomar algo? El señor Knightly suele volver antes de lo previsto cuando las cosas le van bien en el juzgado. Puede que no tenga que esperar tanto, señorita Gresham.

A Xavier Knightly las cosas siempre le iban bien.

–No, gracias. Y es señora, no señorita.

–Ah, sí, claro, perdone.

Antes de que Carli pudiera preguntar qué significaba el «sí, claro», la secretaria se puso a teclear en el ordenador como una fiera.

Se preguntó entonces cuántas secretarias habría tenido Xavier en los últimos cinco años...

Aquélla era mayor y parecía más sensata que las otras. Y se preguntó el porqué del cambio.

Suspirando, tomó una revista. De vez en cuando miraba el reloj, pero el tiempo parecía estancado. El sofá era tan cómodo... y desde que estaba embarazada se quedaba dormida en cualquier sitio... Carli se prometió a sí misma que cerraría los ojos cinco minutos nada más...

–¿Desde cuándo está aquí? –preguntó Xavier en voz baja.

Elaine Johnson miró el reloj de la pared antes de contestar:

–Hace dos horas y media.

–Podría haber vuelto hace una hora, pero me quedé tomando una copa con un compañero...

–La pobre está muerta de sueño –dijo Elaine–. Estaba muy pálida cuando llegó. ¿La conoces?

–¿Que si la conozco? Estuve casado con ella.

Elaine lo miró con los ojos como platos.

–¿Es tu ex mujer?

–Desde luego que sí.

–¿Y para qué querrá verte?

–No creo que sea para pedirme el divorcio –contestó él, irónico–. Ya estamos divorciados.

–La verdad es que parecía nerviosa y asustada...

–¿Asustada? Carli es mucho más fuerte de lo que parece.

–Sí, bueno, mejor me voy. No quiero interrumpir una conversación *personal* –dijo la secretaria entonces, levantándose.

Xavier miró a Carli con gesto serio. Pensaba en lo que había ocurrido la última vez que se vieron, en el hotel. De hecho, no había pensado en otra cosa desde entonces...

En ese momento, como si hubiera intuido su presencia, Carli abrió los ojos.

–Vaya, vaya, vaya, mira quién está aquí.

–Tenía que verte –dijo ella, sin molestarse en explicar por qué lo había esperado. O por qué se había quedado dormida.

–Siento que hayas tenido que esperar. Ven, vamos a mi despacho.

No era un buen principio, pensó Carli. Xavier no parecía de buen humor y lo que tenía que contarle no iba a alegrarle el día precisamente.

–Bueno, supongo que debe ser muy importante –empezó a decir él, cuando estuvieron sentados el uno frente al otro–. Pensé que no querías volver a verme en toda tu vida.

–Es muy importante, sí.

Silencio.

–¿Y bien?

Todo lo que había ensayado en su casa se fue por la ventana.

–Estoy embarazada.

Él no movió un músculo.

–No sé qué tiene eso que ver conmigo –dijo

Xavier por fin–. ¿Quieres que te represente legal-
mente para conseguir que el padre te pase una
pensión? ¿Quién es el padre, por cierto? ¿Lo conozco?

–Sí, lo conoces.

–¿Quién es?

–Pues... –Carli vaciló. No era fácil dar esa noticia.

–Parece que tienes que pensártelo. ¿El campo
está abierto a más de un nombre?

–No –contestó ella, enfadada.

–Me alegro. Los casos de paternidad están a la
orden del día y son un aburrimiento. ¿Quién es?

–No te lo vas a creer.

–¿No?

–Tú.

Aquella vez, Xavier sí reaccionó. Y cómo.

–¿Yo? –exclamó, poniéndose de pie–. ¿Yo?

–Tú, sí.

–Lo dirás de broma –murmuró él, casi sin voz.
No sabía por qué, pero sentía una extraña opre-
sión en el pecho.

–Ojalá fuera una broma.

–¿Estás segura?

–Completamente.

–Dios mío...

–Ya he intentado pedir ayuda al cielo, pero no
ha servido de nada –suspiró Carli–. Sigo embarazada.

–Tendremos que casarnos –dijo Xavier entonces, pasándose una mano por la cara–. Tendremos que casarnos inmediatamente.

–No.

–¿Cómo que no?

–No quiero casarme contigo.

–¡Tienes que hacerlo! –exclamó él.

–No tengo por qué.

–Pero... pero... –Xavier buscó desesperadamente una razón, pero no encontraba ninguna.

–No he venido a pedirte ayuda. Sólo he venido a decírtelo.

–No pienso consentir que tengas a mi hijo sin mí.

–Pues no pareces tener el menor escrúpulo en representar a hombres que piden la custodia de sus hijos en los tribunales. Para quitársela a sus mujeres, claro.

–Eso es diferente –intentó defenderse Xavier.

–¿Ah, sí?

–Tú sabes que sí. Soy abogado, Carli. ¿Crees que voy a dejar que otro abogado me gane una partida?

–No te preocupes, yo no voy a darte ningún problema. Pero tenía que contártelo.

–¿Que no vas a darme problemas? Tú eres un problema de pies a cabeza, siempre lo has sido para mí.

Carli dejó escapar un suspiro.

–No deberíamos haber tomado esa copa... Pero yo quería saber...

Xavier miró el calendario.

–Veo que no te has dado ninguna prisa en contármelo –murmuró, calculando el tiempo–. ¿De cuánto estás, de cuatro meses?

Ella asintió.

–¿Y se te nota? –preguntó él. Su voz sonaba extrañamente ronca, pero Carli lo achacó a la sorpresa.

–Ya casi no puedo abrocharme los pantalones.

Xavier se pasó de nuevo una mano por la cara.

–¿Qué le voy a decir a mi familia?

–¿Eso es todo lo que te preocupa? ¿No te das cuenta de lo que esto significa para mí? Estoy embarazada, Xavier. No quería estarlo, pero por algún truco del destino... o de la naturaleza, me encuentro en esta situación... ¿Qué tiene tu familia que ver con esto? ¿Y mi carrera?

–Tendrás que dejarla durante un tiempo.

–¿Qué?

–No puedes seguir trabajando mientras estás embarazada.

–¿Perdona? Yo no pienso dejar mi trabajo. Millones de mujeres siguen trabajando hasta que dan a luz.

–¿Y luego qué?

–Tendré al niño... contrataré una niñera y seguiré trabajando.

–¿Y si el niño se pone enfermo?

–Ése es un problema que tienen millones de madres en el mundo. No voy a ser la primera.

–Una niñera cuesta mucho dinero.

–Muy bien, tú pagarás la niñera –replicó ella, cruzándose de brazos.

–No pienso hacerlo.

–¿Cómo que no? Es tu hijo.

–A mí me crió una niñera y jamás dejaré que un hijo mío pase por eso –contestó Xavier.

Carli lo miró, boquiabierta. Eso era algo que no sabía, nunca se lo había contado. Siempre había imaginado que Xavier tuvo una infancia de cine...

–No lo sabía.

–No suelo hablar del tema –murmuró él, apartando la mirada.

–Ya, bueno... Mira, yo no voy a dejar mi trabajo te pongas como te pongas. ¿Por qué no dejas tú el tuyo y te dedicas a cuidar del niño?

–Lo dirás de broma.

–No, en absoluto.

–Me lo temía.

–¿Qué pasa, Xavier? ¿Esto te da miedo?

–No puedo dejar el bufete. Tú lo sabes.

–Y, sin embargo, esperas que yo deje mi trabajo.

Xavier tragó saliva. Carli iba a tener un hijo. Un hijo suyo.

–Por favor, vamos a ponernos serios. Yo gano

diez veces más dinero que tú. ¿Por qué iba a dejar el bufete? Sería un suicidio profesional.

–Pues deja que te recuerde cuántas mujeres, esas mujeres de las que tú siempre hablas con desdén, se ven obligadas a trabajar y cuidar de sus hijos como pueden.

–Un embarazo es algo voluntario en nuestros días.

–Pero no lo ha sido en este caso, te lo aseguro.

Silencio.

–¿Seguro?

–¿Crees que me he quedado embarazada a propósito? –exclamó Carli.

–Muchas mujeres lo hacen. Así consiguen una pensión, si no del padre, de los Servicios Sociales. Claro que ahora es muy fácil determinar quién es el padre del niño.

Carli se levantó, indignada.

–¡No me lo puedo creer!

Iba a abrir la puerta del despacho, pero, de repente, el picaporte pareció desaparecer de su vista. Intentó agarrarlo de nuevo, pero sus manos no lograban tocar nada y, poco a poco, todo se volvió negro...

Cuando despertó, Xavier estaba mirándola con tal preocupación que casi estuvo a punto de creer que los últimos cinco años no habían pasado, que seguían juntos.

–¿Qué ha ocurrido? –murmuró.

–Te has desmayado –contestó él.

Carli parpadeó, incrédula.

–¿Qué?

–He llamado a una ambulancia.

–Eso es completamente innecesario. No estoy enferma.

–Pues a mí me lo parece.

–Estoy nerviosa... es normal en estas circunstancias. Es estresante sentir que llevas el peso del mundo sobre tus hombros.

–No tienes que hacerlo sola, Carli. Yo quiero ayudarte.

–Y ya imagino cómo. No te importa lo que cueste mientras no interrumpa tu rutina diaria, claro.

–Tengo muchos compromisos, sí, pero si me necesitas estaré ahí.

–Llegas cinco años tarde, amigo –replicó ella.

–Mejor tarde que nunca.

En ese momento oyeron el ruido de una camilla rodando por el pasillo.

–No quiero ir al hospital.

–Yo creo que sería lo mejor, Carli. Quiero comprobar que... todo va bien.

–¿Que todo va bien? ¿Qué podría ir mal?

–No sé... podrían ser gemelos –intentó bromear Xavier.

Carli levantó los ojos al cielo cuando entraron los enfermeros.

—¿Se encuentra bien, señora?

—Perfectamente.

—De eso nada —intervino Xavier.

Carli abrió la boca para replicar, pero una capa negra pareció descender sobre ella. En aquel estado, no podía discutir con nadie. Sólo quería dormir...

Carli despertó al oír murmullo de voces.

—¿Se va a poner bien? —oyó la voz de Xavier.

—Con un poco de descanso y la dieta adecuada, sí —contestó una voz femenina—. Tiene un poco de anemia, pero las pastillas de hierro que le he recetado arreglarán eso enseguida.

—¿Cuánto tiempo tendrá que estar en el hospital?

—Puede irse a casa por la mañana.

—Muy bien, estaré aquí a primera hora.

—Tranquilo, esto es más o menos normal —oyó que decía la doctora antes de cerrar la puerta.

Luego, silencio.

—Sé que no estás dormida —dijo su marido entonces.

Carli abrió los ojos.

—¿Qué haces aquí?

—¿Qué hago aquí? Te has desmayado dos ve-

ces. No quiero tener tu muerte sobre mi conciencia. El embarazo es más que suficiente.

Ella parpadeó para contener las lágrimas. Sabía
que la noticia no lo había emocionado precisamente,
pero ¿tenía que hablar de ello con tal desdén?

Xavier la miró con el corazón encogido al ver
su expresión...

—Perdona, no quería decir eso...

—Claro que querías. No puedes soportar que
vaya a tener un hijo, lo sé.

—No es eso, es que... no me lo esperaba.

—Tampoco yo, te lo aseguro.

—Estamos divorciados, Carli...

—Y seguiremos divorciados, así que no empie-
ces a imaginar cuentos de familias felices.

Él la miró, desafiante.

—Mi oferta de matrimonio fue... una reacción
momentánea, por la sorpresa. Pero me retracto.
No habrá boda.

Carli tuvo que cerrar los ojos.

¿Qué le pasaba?

Ella no quería volver con Xavier.

¿O sí?

—Pero creo que deberías vivir en mi casa durante el embarazo. Para que pueda vigilarte.

—No, gracias. No podría vivir contigo.

—Pero tampoco puedes vivir sola. La doctora
acaba de decirme que tienes anemia...

—Estaré bien en un par de días, así que no tienes que hacer de enfermero. Además, no podría soportar tener que verte a todas horas.

Xavier apretó los dientes.

—Carli, tienes que venir a mi casa. Además, acabo de redecorarla, así que ya no te resultará tan repugnante.

—Supongo que volviste a decorarla para exorcizar mi presencia —replicó ella.

Xavier se maravilló de la respuesta porque... era verdad. Había tardado meses en borrar su perfume y, sin embargo, incluso ahora le parecía que, a veces, seguía en el aire, como un fantasma.

—Puedes tener tu propia habitación.

—¿No me digas? Qué generoso —replicó ella, sarcástica—. Pero no será necesario, gracias.

—Entonces, ¿quieres compartir la mía?

—No digas bobadas.

—Venga, Carli, no vamos a discutir. Hay cosas más importantes...

—No quiero ser parte de tu vida.

—Eres parte de mi vida te guste o no —replicó él—. Y siendo tan obstinada no vas a conseguir nada. ¿No se te ha ocurrido pensar en el niño?

—Claro que he pensado en el niño. Pienso en él todo el tiempo.

—Pues no has estado cuidándote precisamente bien. ¿Cómo vas a criar a un niño si no comes?

—¿Hay algo más que quieras criticar, además de mi obstinación, mi figura y mi dieta?

–No, todo lo demás es perfecto.

Carli lo miró para ver si era una ironía, pero Xavier estaba sonriendo.

–No estoy llevando esto muy bien, ¿verdad?

–No –contestó ella, sin mirarlo.

–Mira, Carli, de verdad quiero ser parte de la vida de ese niño. Quiero lo mejor para él.

–Yo también.

–Entonces, ¿te lo pensarás?

–Lo he pensado y la respuesta es no.

–Mira que eres cabezota –exclamó Xavier entonces–. Muy bien, entonces tendré que encontrar la forma de convencerte.

–No vas a convencerme, no te molestes. No pienso vivir contigo.

–No será para siempre, sólo hasta que nazca el niño. Luego ya veremos.

–No.

–Los dos sabemos que pocos matrimonios duran para siempre –insistió Xavier–. El nuestro no duró, desde luego, pero al menos esta vez al final no habrá un amargo divorcio. Piensa en el dinero que vamos a ahorrarnos –dijo, intentando bromear.

Pero Carli no sonrió siquiera.

–Tu familia se quedaría horrorizada si supiera que vivimos juntos. Aunque sea en habitaciones separadas.

–Yo creo que, en estas circunstancias, va a resultar difícil convencer a la gente de que no hay *nada* entre nosotros.

–¡Pero no hay nada entre nosotros!

–¿Estás absolutamente segura?

–Pues claro que sí. Estoy embarazada, pero no pienso tener una relación contigo.

–¿Ni siquiera una relación de amistad?

–Mira, Xavier, tú no eres alguien a quien elegiría como amigo. Y eso no va a cambiar en el futuro.

Él apretó los labios.

–No podemos criar a un niño sin tener algún tipo de relación.

–Quiero que tengamos el menor contacto posible.

–Muy bien –suspiró Xavier, dirigiéndose a la puerta–. Pues entonces prepárate para una pelea. Y no digas que no te lo he advertido.

–Esta vez no vas a ganar. No lo permitiré.

–¿Quieres apostar? –sonrió él, muy seguro de sí mismo.

Carli abrió la boca para contestar, pero antes de que pudiera hacerlo Xavier había desaparecido de la habitación.

–Muy bien, todopoderoso Xavier Knightly –murmuró, mirando al techo– si quieres pelea, la tendrás.

Capítulo 2

CUANDO Xavier llegó al hospital al día siguiente se quedó sorprendido, y enfadado, al comprobar que su ex mujer se había marchado ya.

–¿Dónde ha ido?

–No tengo ni idea –contestó la enfermera–. Quizá no quiera que usted lo sepa.

Xavier soltó una palabrota y la enfermera se cruzó de brazos, indignada.

–Nos pidió expresamente que no le diéramos su dirección.

–¿Ah, sí?

–Pues sí –contestó ella, sin dejarse amedrentar–. Y, como usted sabe, los informes de los pacientes son confidenciales. A menos que sea usted un pariente muy cercano, no tiene derecho a saber nada sobre la señora Gresham.

–Muchas gracias por su ayuda, señorita –replicó él, sarcástico.

–De nada, señor Knightly.

–Ya.

Xavier salió del hospital y, mientras iba al aparcamiento, sacó el móvil del bolsillo para llamar a su secretaria.

–Elaine, consígueme la dirección de Carli Gresham. Haz lo que tengas que hacer para encontrarla.

–¿Tú no la tienes?

–¡Si la tuviera no te la pediría! –exclamó él, impaciente–. Es mi ex mujer. Lo último que quería después del divorcio era saber nada de ella.

–¿Y para qué quieres ahora su dirección?

Xavier se pasó una mano por el pelo. El universo entero estaba contra él.

–Porque la necesito... y deja de hacer preguntas o tu paga de Navidad se verá considerablemente recortada.

Elaine soltó una carcajada.

–Te llamaré en diez minutos.

–Que sean cinco o estás despedida.

Su secretaria llamó en tres minutos y medio.

–Carli vive en Epping –le dijo, orgullosa, antes de darle la dirección–. Pero yo creo que deberías calmarte un poco antes de ir a verla.

–Gracias por el consejo, pero ya sabes dónde puedes metértelo.

–Sólo intento ayudar.

–Ponte a escribir algo en el ordenador... ¿no te pago para eso? –exclamó Xavier. Por supuesto, antes de colgar pudo oír la risita irónica de Elaine–. Mujeres...

Aunque sabía que tenía razón. Debía calmarse un poco antes de hablar con Carli.

¿De verdad lo odiaba tanto?

Sí, lo odiaba, aceptó, tragando saliva. ¿Por qué si no iba a desaparecer sin dejar una dirección?

Cuando llegó al edificio de apartamentos esperó un poco para tranquilizarse. Luego pulsó el botón de su casa, pero no hubo respuesta. Volvió a apretarlo, dejando el dedo durante un buen rato...

–¿Quién es? –oyó la irritada voz de Carli.

–Soy yo.

Silencio.

–Vete. No quiero verte.

–Tenemos cosas que discutir y no podemos hacerlo a través de un portero automático. ¿Quieres que se entere todo el mundo?

Carli tardó tanto en contestar que Xavier pensó que lo había dejado en medio de la calle hablando solo. Estaba a punto de apretar el botón cuando ella dijo por fin:

–Voy a bajar. Podemos hablar en el parque. Quiero que estemos en terreno neutral.

–Muy bien, como quieras. Pero al menos deja que entre en el portal. Me siento como un idiota esperando en la calle.

Carli pulsó el botón que abría el portal y Xavier se colocó frente al ascensor, que estaba bajando en ese momento. Pero no era Carli, sino una señora mayor con un carro de la compra que lo miró como si fuera un atracador.

–¿Quién es usted? –le espetó–. ¿Y quién le ha abierto el portal?

Xavier abrió la boca para contestar, pero Carli lo hizo por él.

–No se preocupe, señora Mickleton. Es mi... invitado.

–¿Cómo has bajado? –exclamó Xavier–. ¿Hay otro ascensor?

–He bajado por la escalera.

–¿Diez pisos?

–Te aseguro que bajar escaleras es mucho más fácil que subirlas.

Él se quedó boquiabierto.

–¿Subes andando diez pisos?

–Antes no, pero desde que nos quedamos encerrados aquel día... además, tengo que hacer ejercicio.

–¡Por Dios bendito, Carli! No pensarás seguir haciendo eso, ¿no?

–Pues sí.

–Vamos al parque –dijo Xavier entonces, tomándola del brazo–. Esa señora me da escalofríos.

–¡Le he oído, jovencito!

–Y oirá muchas más cosas si se queda por aquí –murmuró él, abriendo el portal.

–¿Por qué eres tan grosero?

–¿Qué hacía esa señora cotilleando?

–Es una anciana que vive sola... no tiene familia.

–Mira, no estoy aquí para hablar de tus vecinos, estoy aquí para hablar de nosotros. Tenemos que resolver esta situación. Y si otra mujer, joven o vieja, vuelve a hacérmelo pasar mal hoy no respondo.

–Ah, me alegra saber que no soy la única. ¿Quién se ha metido contigo?

–La enfermera del hospital... o, más bien, el perro guardián del hospital. Qué carácter. Luego a mi secretaria se le olvidó que soy yo quien le paga ofreciéndome consejos sobre mi vida personal. Y ahora esa cotilla del ascensor...

–Pobrecito, qué pena me das.

–¿Por qué desapareciste sin dejar una dirección, Carli?

–Porque no me apetecía discutir –contestó ella–. Pensé que sería más fácil dejar que pasara el tiempo y tranquilizarnos un poco... ¿cómo me has encontrado, por cierto? Mi dirección no está en la guía.

Xavier dejó escapar un largo e impaciente suspiro.

–En algunas, raras, ocasiones, mi secretaria se gana el sueldo.

Carli tuvo que hacer un esfuerzo para no sonreír. Estaba empezando a pensar que Xavier había encontrado a la secretaria perfecta, alguien que le hacía frente en lugar de sentirse intimidada.

–¿Desde cuándo vives aquí?

–Compré el piso poco después del divorcio.

–¿Y vives sola?

–A veces.

Xavier la miró, sorprendido.

–¿Te refieres a una compañera de piso... o a un compañero?

–¿Esto es un interrogatorio?

Él se mantuvo en silencio hasta que estuvieron sentados en un banco del parque.

–Carli... –empezó a decir, tomando su mano–. Quiero que vengas a vivir conmigo.

–No –dijo ella, apartando la mano.

–Muy bien, prometo no tocarte.

–No te creo.

Xavier tampoco lo creía. Se excitaba sólo con tenerla cerca. Tendría que ser muy fuerte porque Carli exudaba una sensualidad irresistible. Al menos, siempre había sido irresistible para él.

–¿Por qué no quieres? ¿Es una cosa general o por algo en concreto?

–¿Cómo puedes preguntar eso? No estaríamos en esta situación si tus intenciones no hubieran sido bien *concretas* en el hotel.

–Yo no quería hacer el amor aquel día...

–¡Ja!

–Te lo juro.

–Ya, claro. Me temo que no pasaría la prueba del detector de mentiras, señor Knightly.

–Sí, bueno... –Xavier tuvo que sonreír–. Debo confesar que cuando nos quedamos encerrados en ese ascensor... la verdad es que me pareció muy excitante.

–Pues no lo demostraste.

–No podía bajarme los pantalones con una cámara de seguridad grabándolo todo.

Carli arrugó el ceño. No se le había ocurrido pensar en la cámara de seguridad. Estaba demasiado ocupada intentando controlar la atracción que sentía por su ex marido.

–Si no hubiera sido por esa cámara habría sugerido que lo hiciéramos allí mismo. Claro que podríamos haber acabado cayendo al sótano de golpe... Aunque ahora que lo pienso, no sería mala forma de morir.

Carli cruzó las piernas primorosamente para disimular que aquella conversación la estaba poniendo *nerviosa*.

–Así que esperaste hasta que estuvimos a solas, ¿no? Qué considerado.

–Mira, te aseguro que no volverá a ocurrir. Sé que no me crees, pero a partir de ahora no te tocaré un pelo.

–Tú no sabes estar con una mujer sin tocarla.

–No he tocado a la señora del ascensor, ¿no? Y a mi secretaria tampoco.

–Entonces, sólo quedo yo.

–Puedo ser casto.

–Eso es como pedirle a un león que sea vegetariano.

–Venga, Carli, por favor. No quiero perderme esto... el embarazo. Es mi hijo, ¿no? Quiero vivirlo, quiero ver cómo cambia tu cuerpo. No me dejes fuera.

Carli se mordió los labios, insegura.

Se perdería muchas cosas si no la veía durante meses. Y, después de todo, él era el padre del niño. Debía tener algún derecho... aunque a ella no le hiciera ninguna gracia. En su trabajo como abogada en los barrios más pobres de Sidney, había lidiado con muchos padres que sólo podían ver a sus hijos una vez al mes y sabía cómo sufrían por ello.

Además, esos desmayos la habían asustado. Ella no se había desmayado en toda su vida. ¿Y si se caía por la escalera? Ya era un esfuerzo terrible... ¿cómo sería cuando estuviera de ocho meses?

Sabía que debería subir en el ascensor, pero... después de la experiencia del hotel le resultaba imposible.

–¿Puedo pensármelo? –preguntó.

–Te doy una semana.

–Dos.

–Diez días.

Ella dejó escapar un suspiro.

–Muy bien, diez días. Entonces te daré mi respuesta.

Xavier pareció satisfecho con el acuerdo y, después de unos minutos de conversación, volvieron hacia el portal.

–Te acompaño arriba.

–No, gracias. Además, yo subo por la escalera.

–¿Qué? ¿Y si te mareas? ¿Y si te caes?

–No voy a...

–Muy bien, si te pones así de cabezota, te subiré en brazos.

–¿Qué? Tú estás loco... Muy bien, subiré en el ascensor –suspiró Carli–. Hala, ya puedes irte.

–En cuanto me dé la vuelta subirás por las escaleras, te conozco. No, creo que esperaré hasta que se cierren las puertas –replicó Xavier, cruzándose de brazos.

–Eres un hombre muy, pero que muy fastidioso –dijo ella entonces–. ¿Te lo había dicho alguna vez?

–Unas cien mil veces... una vez al día durante los tres años de matrimonio.

–Vuelve a tu cueva, aquí no hay sitio para ti –replicó Carli, pulsando el botón de su planta.

Cuando las puertas se cerraron, Xavier estaba sonriendo, pero ella tardó nueve plantas y media en tranquilizarse.

Y entonces se dio cuenta de lo que había hecho. Xavier Knightly, su ex marido, había conseguido que volviera a subir en un ascensor. No había pensado en su miedo en absoluto...

Sólo había pensado en él.

Xavier miró la tarjeta que su secretaria le había llevado con el correo.

–¿Qué es esto?

–Una cita para la consulta del ginecólogo. Tu ex mujer la ha enviado, por si acaso querías ir con ella. Tiene que hacerse una ecografía.

–¿Y cómo sabes tú todo eso? –exclamó Xavier.

Elaine señaló las orejas de un osito de peluche que sobresalían de una bolsa.

–Pistas, señor Knightly –contestó, imitando su voz–. Pistas que son pertinentes para el caso.

–Ya veo que no tienes suficiente trabajo –murmuró él, irritado.

–¿De cuántos meses está?

–De cuatro.

–Ah, entonces nacerá en invierno.

–No sé cuándo es la fecha del parto –confesó él, golpeando su cuaderno con el bolígrafo–. En junio, me imagino.

–Entonces, la conferencia que, según tú, fue una completa pérdida de tiempo, no lo fue después de todo, ¿eh? –sonrió Elaine.

Xavier la fulminó con la mirada, pero ella soltó una risita.

–No te preocupes, yo creo que serás un padre estupendo.

–Pues no lo hice tan bien como marido. A saber qué clase de padre podría ser yo.

–¿Es pertinente preguntar qué falló en tu matrimonio?

Xavier se levantó, fulminándola de nuevo con la mirada.

–No, no es pertinente.

–¿Se lo has dicho a tu familia?

–No, estoy intentando reunir valor.

–Buena suerte.

–Sí –murmuró él, pasándose una mano por el pelo–. Suerte es justo lo que necesito.

Carli bajó la revista al ver que Xavier entraba en la sala de espera.

–Hola. ¿Cómo estás?

–Bien –contestó ella, intentando no mirarlo. Pero era difícil porque parecía ocupar toda la sala. Sentado a su lado, con las piernas estiradas...

Carli no pudo evitar recordar esas piernas entre las suyas, su duro cuerpo masculino explotando en el fiero momento en el que los dos perdieron el control...

El problema era que ella no tenía control cuando estaba con su ex marido.

Xavier había sido su primer y único amante. La llevó a la cama en la segunda cita sin que ella protestara, a pesar de todo lo que su madre le había enseñado sobre los hombres.

Se había enamorado de Xavier en cuanto lo conoció, en la boda de su amiga Eliza. Él era el padrino, ella una de las damas de honor... y desde el primer momento hubo chispas entre los dos.

Sus ojos azules la habían desnudado en la iglesia y Carli sintió un escalofrío recorriendo su espalda. Cuando Xavier la besó, en el aparcamiento del hotel, esa misma tarde, sus sentidos se vieron desbordados. Nada en su limitada experiencia la había preparado para algo como aquello. No estaba preparada para sentir aquellas manos deslizándose por su espalda, ni para sentir su erección bajo los pantalones...

–Gracias por pedirme que viniera –dijo Xavier.

–Sí... bueno, gracias por venir.

Con el rabillo del ojo vio que él miraba el reloj y luego tomaba una revista de la mesa.

–Siento haber llegado un poco tarde. Tenía una reunión con un cliente y se alargó más de lo que esperaba.

–¿Un caso difícil?

–Niños pequeños y un par de propiedades. No va a ser fácil.

–¿A quién representas, a la esposa o al marido?

–Al marido –contestó Xavier, después de vacilar un momento.

–Seguro que harás lo que sea mejor para todos –murmuró ella, irónica.

Y a Xavier lo molestó ese tono. Que siguiera tan enfadada con él después de tantos años le dolía.

–Siempre intento ser justo.

Carli cerró la revista y se volvió para mirarlo.

–¿Serías tan justo si representaras a la mujer?

–Si la mujer fuera justa en sus demandas, sí. A veces las mujeres pueden ser brutales en un caso de divorcio. Sobre todo, cuando hay niños de por medio.

Carli no tuvo tiempo de contestar porque la enfermera la llamó en ese momento.

–¿Carla Gresham?

Ella se levantó, preguntándose cuánto tiempo había pasado desde la última vez que se vio a sí misma como la sofisticada Carla Gresham.

¿Habría dejado de existir?

¿Habría vuelto a ser Carli?

La Carli que amaba a Xavier con toda su alma...

La Carli que había sufrido tanto durante el divorcio y que aún no se había recuperado...

El médico les explicó el procedimiento antes de poner el gel conductor sobre su abdomen.

—¿Quieren saber el sexo del niño? —preguntó el doctor Green, moviendo el aparato arriba y abajo.

—Sí.

—No.

Xavier la miró.

—Muy bien... no.

—No hay seguridad total en este período del embarazo. Además, si les gustan las sorpresas, lo mejor es esperar hasta el parto.

Luego siguió moviendo el aparato y les mostró la cabeza del feto, la espina dorsal, que empezaba a desarrollarse, las manitas, los pies...

—Todo va como es debido —sonrió el doctor Green—. ¿Está tomando calcio?

—Calcio, hierro, vitaminas...

—¿Ha vuelto a desmayarse?

—No.

—Estupendo —murmuró el ginecólogo, pulsando un botón para sacar una copia de la ecografía—. Tiene que volver en dos semanas, pero mientras tanto cuídese. La enfermera le dará cita para la próxima vez e información sobre unas clases de preparación al parto, por si está interesada.

Mientras Carli recibía la tarjeta para la próxima cita, Xavier se encontró a sí mismo mirando la ecografía. No podía creerlo. Aquél era su hijo. El niño que había deseado cinco años antes para reparar su destrozado matrimonio...

Qué ironía que hubiera sido concebido cuando

su matrimonio ya estaba roto. Le emocionaba la idea de abrazar al niño, de verlo nacer, acompañarlo en su primer día de colegio...

Pero controló esos pensamientos al recordar el estado de su relación con Carli.

Aquello seguía siendo una zona de guerra y, por el momento, no parecía posible levantar la bandera blanca. Pero quizá si lo intentaba de verdad, si hacía un esfuerzo...

Tenía que hacerlo. Tenía que convencerla.

Carli guardó la tarjeta en el bolso y salió con Xavier de la consulta.

—¿Podemos cenar juntos esta noche?

—No –contestó ella.

—¿Por que no?

—Porque no. Me he tomado la mañana libre y tengo mucho trabajo.

—Llama y di que estás enferma.

—Es que no estoy enferma.

—Pues fíngelo, por mí.

—No creo que a mis clientes les hiciera ninguna gracia. Tengo un montón de citas esta tarde, lo siento.

—Porque aunque estás esperando un hijo mío, no quieres saber nada de mí, ¿es eso? –preguntó Xavier.

—Exactamente, señor Knightly.

—No pienso aceptar un no como respuesta. Creo que me conoces lo suficiente como para saber que es verdad.

Carli no se molestó en contestar y Xavier dio un paso atrás cuando ella entró en el coche y cerró de un portazo. Luego la vio alejarse calle abajo. Estuvo a punto de seguirla, pero sabía que, si lo hacía, era capaz de demandarlo por acoso.

No estaba acostumbrado a perder el control, ni a dejar que fuera otra persona quien tomara las decisiones... Incluso durante la ruptura, él siempre había llevado la iniciativa... aunque su conciencia lo molestó durante meses por cómo lo había llevado todo.

Su reputación de abogado implacable había manchado también su vida personal y todos pensaban que era un hombre cínico y frío, cuando, en realidad, era todo lo contrario.

Seguía sintiendo algo por Carli, pero no sabía lo que era. Durante años había intentando aplastar esos sentimientos. La deseaba, pero muchos ex maridos seguían viendo a sus mujeres como una posesión, incluso después de un amargo divorcio.

¿Era él así? ¿Incapaz de hacer las paces, de olvidar? ¿Incapaz de darle la misma libertad a la que él se creía con derecho?

Había tenido varias amantes en los últimos cinco años, nada serio, pero la idea de que Carli estuviera con otro hombre... Xavier tuvo que apretar los puños ante la oleada de celos que lo invadió de repente.

No podía soportar la idea de que ella estuviera

con otro hombre. Sentía náuseas al imaginarla abrazando a otro, besando a otro, haciendo el amor con otro hombre que no fuera él.

La quería a su lado.

Así de sencillo.

Quería que volviera con él.

Como fuera... aunque tuviera que urdir un plan, cualquier tipo de plan, para conseguirlo.

El último cliente de Carli acababa de salir de su despacho cuando su secretaria le pasó una llamada. Era una antigua amiga, Elizabeth Dangar.

–Eliza... –Carli buscó una explicación para no haberla llamado en tanto tiempo. Había querido hacerlo, pero la relación de Aidan, su marido, con Xavier, se lo impidió–. Quería llamarte, pero he estado liadísima y...

–Carli... –al otro lado del hilo oyó un sollozo–. Tengo que hablar contigo. ¿Estás sola?

–Sí, sí. ¿Qué ocurre? ¿Los niños están bien?

–Aidan quiere el divorcio.

Carli estuvo a punto de soltar el teléfono. Elizabeth y Aidan Dangar eran posiblemente la pareja más estable de su entorno. Su amor parecía tan genuino, tan auténtico...

¿Pero no lo había sido el suyo por Xavier?

–No sé qué decir... ¿Qué vas a hacer? ¿Vas a pedir la custodia de Amelia y Brody?

–No tengo ninguna posibilidad –sollozó Eliza.

–¿Por qué no? Ningún juez le daría la custodia a tu marido. Los niños son muy pequeños.

–¿Seguro? ¿Y si quien lleva el caso es tu ex marido? Es un abogado implacable, él podría conseguirlo.

–¿Xavier representa a Aidan? –preguntó Carli.

–Por supuesto. Fueron juntos a la universidad y todo eso. Además, Xavier disfrutará destrozándome la vida... porque sabe que tú y yo somos amigas.

Aunque Carli no quería admitirlo, su amiga seguramente tenía razón.

–No sabes cómo lo siento.

–Tienes que hablar con él, Carli. Tienes que convencerlo para que no lo haga.

–¿Con quién quieres que hable, con Aidan?

–No, con Xavier. Sé que hace años que no lo ves, pero por favor habla con él. Convéncelo para que no acepte el caso.

Carli se preguntó qué diría su amiga si supiera la verdad.

–Tú eres mi única esperanza –siguió Eliza–. No tengo dinero para pagar a un buen abogado...

–Yo podría representarte –sugirió Carli–. No te cobraría nada, por supuesto.

–¿Lo harías? ¿Te enfrentarías al abogado más duro de Sidney?

–¿Por qué no?

–¡Pero estuvisteis casados durante tres años!

–¿Y eso qué tiene que ver? Yo también soy abogado.

–No te ofendas, Carli, pero te comería viva. No puedo dejar que lo hagas. Después del divorcio lo pasaste fatal. ¿Puedes imaginar lo que pasaría si tuvieras que enfrentarte con él en un tribunal?

Carli sabía que no era el momento de contarle la verdad, pero tendría que hacerlo tarde o temprano. El embarazo empezaba a notarse y si tenían que verse...

–Mira, hablaré con Xavier.

–¿De verdad?

–Intentaré convencerlo para que no represente a Aidan. ¿Quién sabe? Quizá consiga convencerlo para que le pase el caso a algunos de sus socios más jóvenes. Y, mientras tanto, tú podrías ir a un consejero matrimonial...

–No, Aidan no quiere saber nada.

–Entonces, podrías hacer terapia. A veces es muy beneficioso tener a alguien con quien hablar...

–¿Por qué dices eso? ¿Qué crees, que estoy loca? –exclamó su amiga.

–No, no, claro que no. Pero es una ayuda y...

–Tú fuiste a uno y no te sirvió de nada.

–No, es verdad. Mi matrimonio con Xavier estaba roto... En fin, déjalo. Intentaré encontrar un abogado que te represente. Alguien que esté especializado en derecho de familia, pero no cobre los honorarios que cobra el señor Knightly.

–Eres un ángel, Carli. Sabía que tú me ayudarías.

–Por supuesto...

Al fondo empezó a oír el llanto de un niño.

–Tengo que colgar. Llámame en cuanto sepas algo, por favor.

–Sí, sí. Y no te preocupes. Iré a verte en cuanto pueda.

–Gracias –se despidió Eliza–. Y buena suerte.

–Sí, desde luego –murmuró Carli mientras colgaba–. Me va a hacer falta.

Luego se quedó pensando... y antes de que pudiera cambiar de opinión marcó el número del despacho de Xavier.

Y contestó él mismo.

–¿Has despedido a tu secretaria?

–Estoy pensándomelo, pero no... aún no la he despedido. Son casi las siete y media y Elaine no hace horas extra. ¿Qué querías? ¿Has cambiado de opinión sobre la cena?

–Pues sí, mira.

–¿Y eso?

–Se me ha abierto el apetito.

–Pues debes estar muy hambrienta para haber cambiado de opinión.

–No te lo puedes imaginar –replicó ella, irónica.

–Estupendo. Iré a buscarte en media hora... si no pillo ningún atasco, claro.

–Aún no estoy en casa.

–¿Quieres que vaya a buscarte a la oficina?

–No, tengo que ir a cambiarme. Nos vemos en mi casa dentro de una hora.

–Esperaré fuera. No quiero encontrarme con la bruja del otro día.

–No me digas que te dan miedo las ancianitas indefensas.

–No, las que me dan miedo son las jóvenes, guapas y embarazadas. Nos vemos en cuarenta y cinco minutos.

–Una hora.

–Cincuenta minutos y el reloj está en marcha –replicó Xavier que, después de colgar el teléfono, se levantó haciendo un gesto de victoria–. ¡Sí!

Capítulo 3

CARLI acababa de ponerse un vestido cuando sonó el portero automático anunciando la llegada de Xavier.

Intentaba controlar los nervios mientras se ponía un poco de brillo en los labios, pero le temblaban las manos. ¿Por qué? ¿Por qué estaba temblando?, se preguntó.

Después de mirarse al espejo por última vez, se dirigió a la escalera, respirando profundamente.

Él estaba en la acera, con un pantalón gris oscuro y una camisa blanca, tan alto, tan guapo como siempre. Y Carli se puso tan nerviosa como siempre.

Se preguntó entonces si dejaría de afectarla algún día, si algún día podría verlo como a cualquier otro hombre.

–¿Sigues bajando por la escalera?

–Así me ahorro una fortuna en gimnasios –contestó ella.

–Lo que estás haciendo es arriesgar la salud de tu hijo.

Carli arrugó el ceño.

—De eso nada. El ejercicio es muy bueno para las mujeres embarazadas. Ayuda a controlar el peso y te da fuerzas para el momento del parto.

—¿Y por qué no vas a nadar?

Ella levantó los ojos al cielo.

—Mira, Xavier, trabajo doce horas al día. ¿De dónde quieres que saque el tiempo?

—Yo tengo piscina en casa.

Carli apartó la mirada. Porque recordaba bien esa piscina... que casi hervía con la pasión de sus encuentros.

—¿Qué clase de comida te apetece?

—No sé... elige tú.

Xavier la miró, sorprendido.

—¿Que elija yo? Me das miedo. Ese cambio de actitud tan repentino...

—Me da igual dónde vayamos. Tengo hambre.

—A ver, dímelo. ¿Qué pasa?

—Nada.

—Te pasa algo.

—Tengo hambre y quiero cenar. Además, si no recuerdo mal, fuiste tú el que sugirió que cenáramos juntos.

Xavier le abrió la puerta del coche.

—Ya. ¿Has pensado en mi oferta?

—Aún tengo cuatro días para decidir.

—Lo sé, pero me gustaría saber cómo va el asunto.

–¿No podemos hablarlo en otro momento?

–¿Por qué no ahora?

–Porque no quiero discutir mientras conduces.

–O sea, que la respuesta es no.

–¿Qué esperas que haga? –suspiró Carli–. ¿Que meta todas mis cosas en el coche y me mude a tu casa?

–En cierto momento de tu vida, eso es justo lo que habrías hecho.

–Eso fue hace mucho tiempo, Xavier. Y ya no soy una cría ingenua. Hay muchas cosas que no haría si pudiera volver atrás.

–¿Por qué no lo dices claramente? Lamentas haberte casado conmigo.

–No fue exactamente un lecho de rosas, no –suspiró ella.

–Yo estaba empezando mi carrera... ya sabes lo difícil que es eso. Hice lo que pude, Carli, pero enseguida me di cuenta de que nunca podría estar a la altura de tus expectativas.

–¿Mis expectativas? Eras tú el que tenía una lista de lo que querías y no querías en una esposa –exclamó Carli–. No querías una mujer con una carrera, ni con ambiciones, ni con cerebro...

–Eso no es verdad y tú lo sabes. No me importaba en absoluto que trabajases y...

–Tú no tienes ni idea de lo que hay que sufrir para salir adelante cuando no tienes a nadie que te apoye –lo interrumpió ella–. Tú heredaste el despacho de tu padre, por Dios bendito. ¿Eso era tan difícil?

–¡Pero tuve que pasar una entrevista junto con un montón de candidatos!

–¿Alguno de ellos era una mujer?

Xavier suspiró.

–No, creo que no.

–Pues claro que no. El bufete Knightly y Knightly es conocido por su misoginia. Ninguna mujer habría solicitado el puesto. Los que están arriba no tienen el menor interés en mirar hacia abajo.

–No creo que sea culpa mía que todos los colegas de mi padre sean hombres. Mi abuelo abrió ese bufete y mi padre y yo sencillamente hemos seguido sus pasos.

–¡Pues eso! No te das cuenta de que ocupas una posición de privilegio porque nunca has tenido que luchar para que te tratasen de forma justa.

–¿Podemos cambiar de tema, por favor? –suspiró él–. No quiero tener otra de tus discusiones feministas en las que, como siempre, acabo cruzando las piernas por si acaso tienes la tentación de sacar las tijeras.

–Qué tonterías dices. No puedo creer que un hombre con tres hermanas puede ser tan machista.

–Mira, Carli, a mí me encantan las mujeres. No tengo nada en contra de que reciban el mismo salario y tengan las mismas oportunidades. Pero las mujeres tienen hijos y el período en el que tenerlos es ideal para una mujer coincide con el período ideal para concentrarse en la vida profesional. Es así. La mayoría de las mujeres tienen que elegir entre su carrera y una vida familiar, es casi imposible tener ambas cosas.

–Porque los hombres se niegan a cambiar. Recientemente, he leído un estudio que hablaba de la contribución masculina en el hogar. Cero, por supuesto. La mujer sigue teniendo que trabajar fuera y dentro de casa...

–Que sí, que sí –la interrumpió Xavier–. Estoy de acuerdo, tienes razón. Sé que la mayoría de los hombres no hacen nada en casa.

–Alguien como tú es posible que no lo sepa, pero millones de mujeres tienen que trabajar todos los días y cuidar de su familia a la vez. No tienen tiempo para nada más ni, por supuesto, dinero para pagar niñeras, jardineros y cocineros. Estoy hablando del mundo real, Xavier. Y no siempre es bonito.

–Hablas como si yo viviera en un mundo aparte...

–Porque es así. No conoces la realidad porque has vivido en un mundo de riqueza y privilegios. Tu madre nunca tuvo que trabajar fuera de casa y en casa tenía gente que lo hacía por ella.

–¿Y tus padres? Nunca me has hablado mucho de ellos. ¿Tu madre trabajaba?

—Sabes que no me gusta tocar ese tema.

Xavier arrugó el ceño mientras buscaba un sitio para aparcar.

—Pues yo creo que ahí reside el problema.

Carli no se molestó en contestar. Salió del coche y se dirigió a la acera sin esperarlo.

—¿Podemos cambiar de tema? —preguntó él entonces, tomándola del brazo.

—Discutir contigo es agotador.

—Es que has perdido práctica. Pero pronto te acostumbrarás, estoy seguro.

Entraron en el restaurante, un griego, y, cuando el camarero les sirvió dos copas de vino, Carli decidió sacar el tema:

—Quería hablarte de una cosa...

—¿De qué?

—¿Vas a representar a Aidan Dangar contra Eliza?

Xavier tomó un sorbo de vino antes de contestar:

—No suelo hablar de mis clientes fuera del despacho.

—¡Por favor! Aidan es amigo tuyo.

—Tengo muchos amigos.

—Pues, francamente, no sé cómo —replicó ella—. Debes pagarles por el privilegio de tu compañía.

Xavier dejó la copa sobre la mesa con exagerada precisión.

—Ten cuidado, Carli, no querrás montar una escena en medio del restaurante, ¿no?

–Sé que vas a representar a Aidan, así que no tiene sentido negarlo.

–¿Y eso es un problema?

–Es un problema para Eliza.

–¿Y?

–No quiero que representes a Aidan.

–¿Eh?

–Quiero que le des el caso a alguno de tus socios más jóvenes.

Xavier se echó hacia atrás en la silla.

–¿Y por qué iba a hacer eso?

Carli se pasó la lengua por los labios.

–Porque no creo que puedas ser objetivo.

–He representado a muchos de mis amigos en los tribunales. Y, por el momento, no tengo ninguna queja.

–¡Por eso mismo! No quiero que le destroces la vida a Eliza sólo para vengarte de mí.

Él la miró, pensativo.

–¿Y si dejara el caso, qué me darías a cambio? ¿Es tan importante como para que volvieras a vivir conmigo?

–Eso es un chantaje, Knightly.

–Es posible. Pero si aceptas vivir en mi casa durante todo el embarazo, dejaré el caso.

Carli tragó saliva.

–No puedo...

–Pobre Eliza –la interrumpió Xavier. Sabía que aquél era un golpe bajo, que estaba portándose como un verdadero canalla, pero haría lo que fuera para recuperarla. Carli estaba demasiado furiosa con él como para aceptar que pudieran ser amigos.

No, sería implacable, aprovecharía cualquier ocasión.

Como aquélla.

—¡Serás cerdo! Lo dices en serio, ¿verdad? ¿Cómo puedes jugar con la vida de la gente de esa manera?

—La ley es la ley —contestó él—. Eliza Dangar ha tenido un comportamiento sicótico durante los últimos meses. ¿Te ha dicho algo de eso? No, claro que no. No sería difícil convencer a un juez de que no puede hacerse responsable de sus hijos...

—No me lo puedo creer... No pensé que pudieras caer tan bajo, Xavier Knightly.

—No me he ganado una reputación de abogado implacable por nada, Carli. Quizá deberías recordarlo.

—¡Pero Eliza es la madre de esos niños! Lo está pasando fatal y...

—En este momento no es capaz de cuidar adecuadamente de sus hijos —la interrumpió Xavier—. Aidan está muy preocupado... Quizá deberías haberte enterado un poco más antes de lanzarte a la yugular. ¿Dónde está la objetividad profesional de la que tanto alardeas?

—Eres idiota.

–Eso ya me los has dicho muchas veces.

–No puedo creer que esté aquí contigo. Debería haber imagino que le darías la vuelta al asunto para salirte con la tuya, como siempre.

–¿Por eso has aceptado cenar conmigo? ¿Para convencerme de que le dé el caso a un compañero?

Carli se puso colorada.

–No...

–No me mientas, Carli. No estás en posición de hacerlo. Si no aceptas vivir en mi casa durante el embarazo, tu amiga perderá la custodia de sus hijos.

Estaba atrapada. Tenía que elegir y...

–Podría denunciarte al colegio de abogados por esto.

–¿Y quién iba a creerte? Soy uno de los abogados más prestigiosos de Sidney y tú eres mi ex mujer. ¿Qué crees que diría un juez? No, me parece que sabes lo que debes hacer.

–No voy a tener relaciones contigo.

–¿Te lo he pedido yo? –replicó Xavier.

–Tú no pides, tú haces lo que te da la gana sin pensar en las consecuencias.

–Eso no es justo, querida. Tampoco tú pensaste en las consecuencias aquella noche, en el hotel. Además, no es buena idea morder la mano que, al final, podría darte de comer.

–No pienso aceptar nada de ti. Prefiero morirme de hambre.

Fue infortunado que, justo en aquel momento, llegara el camarero con la cena. Carli miró la deliciosa *laksa* preguntándose si estaba siendo un poco demasiado vehemente.

–Come, mujer –sonrió Xavier–. ¿Quién sabe? A lo mejor te dejo pagar y todo.

Carli deseó tener valor para tirarle el plato a la cara. Pero tenía hambre. Y debía comer, por ella y por el niño.

Pero mientras comía, intentaba encontrar la forma de salir de aquel embrollo. Vivir con Xavier...

Imposible.

No había podido resistirse aquella noche, después de la conferencia, ¿cómo iba a resistirse si dormían en la misma casa?

Podía imaginarlo. Podía verse a sí misma esperando que llegara de trabajar, contenta de que él le prestase atención durante cinco minutos... como cuando estaban casados.

Carli apartó el plato. Acababa de perder el apetito.

–¿No te gusta?

–No, ya he comido suficiente.

–Pero si apenas lo has probado... ¿Qué pasa? ¿Está demasiado picante?

–Espero que no te dediques a vigilar todo lo que como cada vez que estemos juntos.

–¿Que no? Si tengo que darte de comer yo mismo, lo haré.

–Y yo te daré un puñetazo.

–Ah, una pelea con comida. ¿Te acuerdas de aquella vez... con la nata?

Carli tomó un trozo de pan para distraerse. No quería recordar aquel episodio. No quería recordar ninguno.

–¿Quieres que pida otra cosa?

–No. Lo que quiero es que te calles.

–No te gusta recordar el pasado, ¿verdad? –preguntó Xavier en voz baja.

Carli no tuvo que contestar porque el camarero apareció con el segundo plato. No, no quería recordar el pasado. No quería recordar su pasado con Xavier.

–¿Hasta cuándo piensas seguir trabajando? –preguntó él.

–Hasta el último momento.

–¿No crees que deberías dejarlo antes? Para descansar un poco...

–No.

–Bueno, bueno, como tú digas. ¿Crees que estarás preparada cuando llegue el momento?

Carli lo pensó.

–Espero estarlo.

–Seguro que sí –dijo él–. Seguro que todo irá bien.

–¿Se lo has contado a tu familia? –preguntó Carli entonces.

—No, pero había pensado hacerles una visita esta semana.

—Se van a llevar un disgusto tremendo.

—Si decido vivir con mi ex mujer, es asunto mío. Y de mi ex mujer.

—Si fuera por mí, no viviríamos juntos, te lo aseguro —replicó ella—. Y si no estuviera embarazada, no estaría aquí ahora mismo.

—No, pero tengo la impresión de que podríamos estar en otro sitio, mucho más cómodo —sonrió Xavier.

—¿Qué quieres decir?

—Estoy diciendo que lo nuestro no ha terminado. Lo que hubo entre nosotros no ha muerto, a pesar del divorcio.

—Lo que hay entre nosotros... si es que hay algo, no es más que atracción física. Se nos pasará con el tiempo —replicó ella.

—¿Cuánto tiempo? Han pasado cinco años y...

—El deseo físico no es base para una relación. Tarde o temprano, se acaba.

—Niégalo todo lo que quieras, pero yo sé lo que siento. Y también sé que a ti te pasa lo mismo. De no ser así, no estaríamos en esta situación.

—Estamos en esta situación porque fuimos un par de idiotas —replicó ella.

—Sí, bueno, como quieras —suspiró Xavier—. Yo me encargaré de alquilar tu apartamento, por cierto. Y en cuanto al caso Dangar, se lo pasaré a uno de los socios más jóvenes del bufete.

Carli dejó escapar un suspiro de alivio.

—Sé que voy a lamentar esto. Lo sé, estoy segura.

—Deja de preocuparte, Carli. Hemos vivido juntos antes. No somos extraños y tenemos intereses comunes. Estos próximos meses pasarán enseguida y quizá, al final, habremos logrado formar parte de ese pequeño grupo de ex parejas que logran ser amigos.

Carli estaba segura de que no sería así, pero no dijo nada.

Ojalá pudiera mandarlo a paseo, pero... no dejaba de recordar los sollozos de su amiga Eliza, la posibilidad de que perdiera a sus hijos. No, no podría decir que no aunque quisiera.

Y no quería hacerlo.

Carli se puso tensa. No quería decirle que no. Quería vivir con él. Quería verlo cada día, charlar con él, verlo sonreír, quería oler su colonia, quería que tocase su abdomen cuando el niño se moviera, quería que la besara...

Quería todo eso. Y era absurdo seguir negándolo.

Xavier dejó la carta de postres sobre la mesa.

—Para ser una mujer que había jurado no tener hijos, creo que te estás tomando esto muy bien.

—¿Qué quieres decir con eso?

–Nada, sólo que nunca habías querido tener niños...

–Porque estaba intentando abrirme camino en la vida. Es muy difícil hacer las dos cosas a la vez. Además, los niños crean tensión en las parejas. ¿Cuántos matrimonios se rompen en cuanto los hijos aparecen en escena?

–Pero nosotros iremos un paso por delante, Carli, porque ya no estamos casados –sonrió Xavier–. Quizá este niño consiga justo lo contrario.

–¿Reparar nuestro matrimonio? –preguntó ella, incrédula.

–Podría ocurrir.

–Y también dicen que existen los milagros, pero yo no lo creo.

–El matrimonio no se nos dio bien, Carli, así que deberíamos concentrarnos en las cosas que funcionan.

–¿Cómo? Me estás obligando a hacer algo que no quiero...

«Mentirosa», le decía su conciencia.

–El problema contigo es que la mitad de las veces no sabes lo que quieres –la interrumpió Xavier.

–¿Qué?

–Sigues con ese trabajo en el que no ganas un céntimo, vives en un apartamento diminuto y tu coche está para el arrastre. Que yo sepa, apenas tienes vida social... aparte de tus conversaciones con la anciana del ascensor, claro. Por Dios bendito, Carli, eres una mujer joven y atractiva, no tires tu vida por la ventana.

–¿Y viviendo contigo no tiraré mi vida por la ventana? –replicó ella, irónica.

–No. No dejaré que eso ocurra por segunda vez. Te doy mi palabra.

Ojalá pudiera creerlo. Sabía que sus observaciones no eran del todo desacertadas. Su vida social era casi nula y trabajaba doce horas en el despacho con muy poca recompensa económica.

Durante los últimos cinco años se había quedado atascada. Su ruptura con Xavier había destruido su confianza en sí misma y sabía que, si no hacía algo pronto, nunca cambiaría nada. Pero vivir con Xavier no iba a solucionar nada en absoluto. La primera vez fue un desastre... ¿cómo una segunda vez, con un niño que ninguno de los dos había planeado, iba a ser mejor?

Y luego estaba el asunto de lo que sentía por él...

Seguía enamorada de su marido.

De hecho, no recordaba haber dejado de estarlo nunca. Cada vez que pensaba en él se le rompía el corazón.

–Parece que no tengo elección –murmuró.

–Yo no diría eso. Tienes dos opciones, vivir conmigo o ver cómo tu amiga atraviesa un muy amargo divorcio.

–Lo harías, ¿verdad? Le destrozarías la vida a Eliza sólo para salirte con la tuya. ¿Tanto me odias?

Xavier clavó sus ojos en ella durante largo rato. Pero eran inescrutables.

–¿No crees que deberíamos olvidar el pasado y pensar en el niño? Tenemos muchas cosas que discutir... el nombre, el colegio, todo eso. Personalmente, prefiero olvidarme del pasado. Hablar de ello no cambiará nada.

Carli metió la cucharilla en la mousse de chocolate. Tenía razón. No podían cambiar el pasado. Pero si el pasado, que había sido construido con amor, acabó siendo una ruina...

¿Qué les depararía el futuro, un futuro basado en el odio y la amargura?

A pesar de todo, Carli se mudó al día siguiente. Y cuando llegó a la casa, los recuerdos del pasado la asaltaron.

El BMW de Xavier estaba en el garaje, de modo que debía haber salido pronto del despacho para recibirla. Qué detalle, pensó, irónica.

–¿Había mucho tráfico? –preguntó él, a modo de saludo.

–Horrible –contestó Carli, sin mirarlo.

–¿Pasa algo?

–Nada, me duele un poco la cabeza.

—¿Quieres una aspirina?

—No, creo que... voy a darme una ducha y luego me iré a la cama. Estoy cansada.

—Estás muy pálida. No irás a desmayarte, ¿verdad? —murmuró Xavier, tomando su mano.

—No —contestó ella, soltándose de un tirón.

—Carli... —Xavier se aclaró la garganta—. Estaba pensando que podríamos ir a casa de mis padres mañana.

—¿Para qué? ¿Para que comprueben que estoy embarazada sin necesidad de contratar a un detective? Fíjate, me sorprende que no hayas querido una prueba de ADN, pero seguro que tus padres insistirán en ello.

—La verdad es que lo pensé —le confesó Xavier entonces.

Ella lo miró, atónita.

—¿No crees que el niño sea tuyo?

—Si no fuera mío no habrías ido a verme. Me odias demasiado, ¿recuerdas?

—Si quieres una prueba de ADN, por mí no hay ningún problema.

—No es necesario —suspiró él.

—Qué generoso.

—Por Dios bendito, ¿qué quieres que haga? Apareces en mi oficina y me dices que vas a tener un hijo... ¿no te parece normal que dudase?

—No, no me parece normal.

—¿Por qué?

–Porque tú me conoces bien, Xavier Knightly.

Él apretó los labios.

–Muy bien, muy bien, perdona. Tienes razón. Es verdad, no debería haber dudado de ti. Es que a veces te pones imposible... pero me gustaría que fueras conmigo a casa de mis padres. Quiero que sepan que ahora vivimos juntos.

–Díselo por teléfono. Yo no tengo por qué ir.

–¿Te da miedo mi familia?

–No, claro que no. Pero no veo por qué voy a tener que soportar sus críticas y sus miraditas de desprecio –contestó Carli.

–No van a criticarte. Te lo garantizo.

–¿Ah, no? A la cara, no. Pero lo harán en cuanto me dé la vuelta, como han hecho siempre.

Xavier dejó escapar un suspiro. En el pasado, Carli le había dicho muchas veces que se sentía incómoda con su familia, pero él no quiso creerla. Le avergonzaba reconocer que había tardado tres años en darse cuenta de que tenía razón. Tres años en ver a su familia por lo que era.

Le gustaría decírselo, decirle que estaba de su lado, pero... sabía que eso no cambiaría nada. Estaba claro que Carli no sentía más que desprecio por él. Podía verlo en sus ojos. No podía mirarlo siquiera.

Y era lógico.

–Tus cosas llegaron hace rato. Mi ama de llaves lo ha colocado todo en una de las habitaciones de arriba.

–Gracias. Podría haberlo hecho yo –contestó ella, dirigiéndose a la escalera.

–¿Carli?

–¿Qué?

–Sé que esto no es fácil para ti.

–No me digas.

–No te preocupes por mi familia –dijo Xavier, pasando por alto el sarcasmo–. No dejaré que interfieran.

Carli siguió subiendo al segundo piso sin decir nada.

Aunque su familia siempre había sido un problema, ellos no eran el obstáculo principal.

Xavier no la quería.

Ése era el gran obstáculo.

Capítulo 4

ELEANOR y Bryce Knightly fueron fastidiosamente amables con Carli al día siguiente, en su mansión de Vaucluse.

–Carla, querida –la saludó Eleanor, besando al aire, como era su costumbre–. ¿A que está guapísima, Bryce?

–Desde luego que sí –contestó el padre de Xavier–. Has engordado un poco y estás más guapa.

–Carli está embarazada –anunció Xavier, sin más preámbulo.

Sus padres se miraron, estupefactos. Aunque Carli debía reconocer que Eleanor se recuperó enseguida.

–Embarazada... ¡pero ésa es una noticia maravillosa! No sabía que hubieras vuelto a casarte, Carla. ¿Quién es tu marido?

Carli levantó los ojos al cielo.

–No he vuelto a casarme.

–El niño es mío –dijo Xavier.

Su madre lo miró, perpleja.

–¿Estás seguro?

–Por supuesto.

–¿Has hecho una prueba de paternidad? –preguntó Eleanor–. Sólo para evitar las dudas...

Carli tuvo que resistir la tentación de salir de allí dando un portazo.

–Yo soy el padre del niño, no tengo la menor duda.

–¿Y cuándo vais a casaros... de nuevo? –insistió su madre.

–No vamos a casarnos.

–¿Que no vais a casaros? –la máscara de amabilidad de Eleanor Knightly había desaparecido por completo–. Pero tenéis que casaros. ¿Qué pensará la gente?

–Me importa un bledo lo que piense la gente. Esto es entre Carli y yo, nadie más.

–Pero con un niño en camino...

–¿Qué queréis tomar? –intervino Bryce para aliviar la tensión.

Carli no podía creer la hipocresía de los Knightly. Había sentido su desaprobación desde el día que Xavier se los presentó, aunque ellos intentaban esconderla tras una fachada de amabilidad cuando su hijo estaba presente. Eso había causado muchas discusiones entre Xavier y ella en el pasado. Él la acusaba de ser paranoica y ella de estar ciego y ver sólo lo que quería ver... Era una discusión constante.

Sus tres hermanas no eran muchos mejores. Aún recordaba las risitas aquel infausto día, cuando llegó directamente de la universidad a lo que creía una cena informal en vaqueros y camiseta, y se encontró con una cena de gala, con invitados importantes para el bufete. Recordaba la expresión de sus hermanas, de sus padres... incluso de Xavier, todos mirándola como si fuera una pordiosera. De todas formas, Carli insistió en quedarse y sólo cuando volvió a casa le dijo a Xavier lo que pensaba.

Había sido una escena muy desagradable...

Xavier cerró la puerta de golpe, el sonido retumbando por toda la casa.

–¿Se puede saber qué demonios te pasa? ¿Te das cuenta de lo mal que lo he pasado? Por Dios bendito, Carli, yo tengo que trabajar con esa gente...

–¿Tú lo has pasado mal? ¿Y cómo crees que lo he pasado yo oyendo las risitas de tus hermanas?

–Si apareces en casa de mis padres en vaqueros para una cena formal, es lógico...

–Nadie me había dicho que era una cena formal.

–Mi madre dice que te llamó.

–Pues tu madre miente. ¿A quién vas a creer, a tu madre o a mí, Xavier?

Él hizo un gesto de desesperación.

–Te portas más como una niña malcriada que como una esposa, así que la decisión no va a ser tan fácil –replicó, tirando el abrigo sobre el sofá–. Sé lo que has querido hacer esta noche, Carli, querías avergonzarme delante de toda esa gente para poder machacar de nuevo tus puntos de vista feministas, pero sólo has conseguido quedar mal...

–Yo no quería...

–Nadie va a tomarte en serio hasta que crezcas un poco –la interrumpió él–. Pensé que me había casado con una mujer inteligente, pero lo que me encuentro una y otra vez es una niña petulante que no puede controlar su temperamento...

Carli no sabía lo enfadada que estaba hasta que el primer jarrón se hizo pedazos contra la pared... al lado de la cabeza de Xavier.

Después, el silencio era tan espeso que podría cortarse con el proverbial cuchillo.

–Yo que tú no lo haría –dijo Xavier al ver que iba a tomar otro jarrón–. Podrían no gustarte las consecuencias.

Ella le dijo exactamente lo que pensaba de sus estúpidas consecuencias y le tiró el jarrón, observando con perversa satisfacción cuando Xavier tuvo que apartarse de un salto.

Ése fue el principio del fin.

* * *

–¿Quieres champán, Carla? –la voz de Bryce, falsamente alegre, la devolvió al presente.

–No, gracias.

–Un poco de alcohol no te hará daño, mujer –dijo la señora Knightly.

–Carli no puede tomar alcohol –contestó Xavier por ella–. Está embarazada.

Ella lo miró, sorprendida. Ajá, de modo que las cosas no eran tan ideales en el hogar de los Knightly...

Eleanor hacía lo que podía para mantener la cara, pero la tensión se mascaba en el ambiente.

–¿Xavier te ha dicho que Phoebe, Imogen y Harriet están a punto de terminar un Master? –preguntó Bryce.

–No, no lo sabía.

–Yo no entiendo por qué quieren complicarse la vida con tantos estudios –suspiró la señora Knightly–. El matrimonio de Harriet se está resintiendo, desde luego. Neil ha amenazado con dejarla varias veces, pero ella no quiere hacerle caso.

–¿Por qué no quiere Neil que su mujer tenga estudios universitarios? –preguntó Carli.

Eleanor abrió la boca para contestar, pero pareció pensárselo mejor.

–Bueno, cuéntanos, Carla... ¿qué has hecho todos estos años? –preguntó su marido–. Trabajar para algún bufete importante, supongo.

Carli estaba segura de que Bryce Knightly sabía perfectamente dónde trabajaba y sólo hacía la pregunta para remarcar las diferencias entre Xavier y ella.

–Como sabes, Bryce, es muy raro que una mujer logre convertirse en socia de un bufete importante.

–Venga, papá –intervino Xavier, conciliador–. No vamos a discutir. Carli y yo queríamos anunciar que vamos a tener un hijo y que hemos decidido vivir juntos. No quiero que se disguste.

Sabía que su preocupación era por el niño y no por ella, pero se alegró de que interviniera a su favor.

Durante la cena, preparada con la típica pompa de la familia Knightly, todos seguían tensos. Eleanor ni siquiera probó bocado y no se molestó en disimular.

Bryce intentaba animar la conversación, pero no dejaba de llenar su copa, como si así pudiera evitar la mirada de su hijo.

Cuando terminaron el postre, pasaron al saloncito en el que se serviría el café. Carli quería irse de allí lo antes posible, pero tuvo que soportar el silencio, roto sólo por el ocasional ruido de las tazas de porcelana al posarse sobre el plato.

Después de lo que le parecieron unas horas interminables, Xavier se levantó.

–Nos vamos. Mañana tengo que levantarme temprano y Carli debe estar agotada.

–Sí, claro, claro –asintió Eleanor, sin poder disimular su alivio.

Una vez en el coche, Xavier se volvió hacia ella.

–¿Lo has pasado muy mal?

–Regular.

–¿Sólo regular?

–Tus padres ya no parecen tan contentos contigo. ¿Por qué, les has decepcionado?

Xavier miró la carretera, en silencio.

–Algo así –contestó por fin.

–¿En qué sentido? ¿Tiene algo que ver conmigo?

–Es posible... la verdad es que tardé algún tiempo en darme cuenta de que mis padres son... unas personas muy frívolas. Ellos miden a la gente sólo por el dinero que tengan o por su apellido, no por el carácter o la fibra moral. Y un día me di cuenta de que, si no hacía algo, acabaría siendo como ellos –contestó Xavier, mirándola de reojo–. Tú, por supuesto, ya habías visto el parecido.

Carli no contestó.

–Hace un par de años, mi madre hizo un comentario desdeñoso sobre ti. Supongo que lo había hecho más de una vez, pero sólo entonces me di cuenta... y entendí cómo debía haber sido para ti. Eras tan joven, tan inexperta entonces... no podías competir con los Knightly.

—¿Incluyéndote a ti? —preguntó Carli.

Xavier esperó hasta que estuvieron en el garaje para contestar:

—Incluyéndome a mí. Y aquí estás otra vez, en la línea de fuego. Todo por una absurda jugarreta del destino.

Estaba mirándola a los ojos y Carli tuvo que carraspear, nerviosa. Los de Xavier se habían oscurecido, cargados de pasión...

Y no protestó cuando inclinó la cabeza para buscar sus labios. No sólo no protestó, sino que le devolvió el beso con toda su alma. Sintió la instantánea reacción cuando él la apretó contra su pecho, una reacción tan primaria que no podía controlarla.

Xavier bajó una mano para acariciar sus pechos, apartando hábilmente el top para acariciar el sensible pezón con la punta de los dedos. Sus pechos siempre habían sido muy sensibles, pero con las hormonas del embarazo, el placer era casi insoportable.

Xavier se apartó entonces, mirándola con los ojos nublados de pasión.

—¿Por qué no seguimos dentro?

Carli recuperó el sentido común de inmediato. ¿En qué había estado pensando? ¿Por qué se había dejado llevar así? ¿Qué creía, que las cosas volverían a ser como antes, como si no hubieran pasado aquellos cinco años?

Sí, Xavier por fin había visto cómo eran sus padres, pero eso no cambiaba nada.

No la quería.

Carli sabía que no habría vuelto a su vida si no estuviera embarazada. El Xavier que había conocido en el pasado no dejaba que nada ni nadie se interpusiera en su camino. Si la hubiera querido, habría ido a buscarla a pesar del divorcio, habría hecho algo...

Pero no hizo nada.

—No —dijo por fin.

—¿No quieres que sigamos dentro?

—Ni dentro ni fuera.

—Ya veo.

Carli abrió la puerta del coche, pero en unos segundos Xavier estaba a su lado.

—Me deseas, pero estás dispuesta a castigarte a ti misma para vengarte de mí.

—Ya te he dicho que no estoy interesa en tener relaciones contigo —replicó ella.

—Vas a tener un hijo mío, cariño. ¿Qué estás haciendo, reservándote para alguien especial?

—Pues sí, la verdad es que estoy reservándome para alguien especial.

—¿Ah, sí? ¿Quién? ¿Alguien que yo conozca?

—No me apetece seguir hablando de esto.

—No, claro —replicó él—. No te gusta sentarte en el banquillo de los acusados. Ese puesto ha sido para mí durante todos estos años.

–Si eso es lo que te corresponde...

–Hice lo que pude, Carli. Trabajé horas y horas, pero no era suficiente para ti. Tú querías lo que yo no podía darte.

–Sí, claro, me dabas todo lo que el dinero puede comprar, pero había una cosa que no estabas dispuesto a darme, Xavier Knightly.

–¿Qué?

–A ti mismo.

–Supongo que ahora vas a contarme en detalle todas las veces que te dejé sola, todas las ocasiones en las que no te demostré cariño o no dije lo que debería haber dicho... Lo que tú querías era un modelo de marido perfecto, pero eso no existe. Yo no soy una marioneta, Carli. Soy un hombre con sentimientos y con problemas, como todo el mundo. Me equivoqué muchas veces, sí. Pero también tú te equivocaste.

–Mira, déjalo...

–Muchas veces me habría gustado contarte con lo que me enfrentaba en el trabajo, pero no lo hacía porque sabía que a ti sólo te importaban tus cosas, tus problemas. Que te importaba un bledo lo que me pasara a mí.

–¡Eso no es verdad! ¡Yo siempre estaba dispuesta a escucharte!

–¿Ah, sí? Siempre estabas hablando de la injusticia de esto o lo otro, que el matrimonio era una institución diseñada para mantener a la mujer en casa... ¿nunca se te ocurrió pensar que también yo tenía que soportar injusticias? Yo tenía que traer dinero a casa mientras tú estabas en la universidad, pero ¿me quejé alguna vez? Trabajaba ochenta y cuatro horas a la semana con objeto de crear un futuro para los dos, pero no sabía que tú trabajabas el doble para destruirlo.

–En nuestro matrimonio sólo podía haber una carrerea y ésa era la tuya –replicó Carli–. Y me habría gustado saber eso antes de casarme.

–Por Dios bendito... ¿qué querías que hiciera, una lista de todos los problemas con los que podríamos tener que enfrentarnos para decidir si te interesaba o no?

–Yo hice lo que pude...

–¡Y yo también!

–Sí, pues está claro que ninguno de los dos hizo suficiente –dio Carli por fin.

–Sí, esto está claro –suspiró él–. En fin, ya sabes dónde está tu habitación. Buenas noches.

Carli lo observó desaparecer por el pasillo, pensativa. ¿Sería posible... sería posible que la culpa no fuera sólo de Xavier?

Cuando Carli bajó a la cocina a la mañana siguiente, Xavier estaba haciendo café.

–Buenos días.

–Carli, sobre lo de anoche...

–No, déjalo. Es mejor que no hablemos de eso.

–No tengo intención de discutir. Sólo quiero dejar claro que... que puedes decir que no.

–Ya lo sé.

–Sí, claro –Xavier se aclaró la garganta, nervioso.

–Supongo que nos dejamos llevar... pero no volverá a pasar.

–Sí, bueno –suspiró él–. En fin, me voy. Tengo una vista dentro de una hora. Te llamaré por la tarde.

–No tienes que molestarte.

–No es molestia –dijo Xavier, levantando su barbilla con un dedo–. ¿De acuerdo?

–De acuerdo.

–Muy bien. Cuida del niño mientras yo no estoy.

Carli intentó sonreír, pero le resultaba imposible.

–Lo haré.

Ir a trabajar esa mañana le resultó agotador. El calor del mes de enero y el atasco eran insoportables y cuando llegó a su despacho tenía la blusa completamente empapada de sudor.

Por primera vez, se percató de lo vieja y destartalada que era su oficina...

A media mañana, no podía dejar de pensar en

un despacho con vistas al mar y por la tarde so-
ñaba con tener aire acondicionado y una secretaria que supiera usar un ordenador.

Cuando por fin llegaron las seis, estaba medio
dormida sobre su escritorio.

Carli se levantó, estirándose... y tuvo que lle-
varse una mano al abdomen al sentir un horrible
pinchazo. En ese momento sonó el teléfono.

—¿Sí? —contestó, casi sin voz.

—Carli, soy yo —dijo Xavier.

—Sí...

—¿Qué te pasa?

—Nada... es que hace mucho calor.

—Cuarenta grados a la sombra. ¿Qué tal por
ahí?

—Bien.

—¿A qué hora llegarás a casa?

A casa.

Qué normal sonaba eso.

—Si todo va bien, dentro de una hora —contestó.

—¿Qué te pasa? Suenas rara. ¿Estás bien?

—Sí... estoy bien.

—¿Un día duro en la oficina?

—Como siempre.

—¿Por qué no me esperas ahí? Iré a buscarte.
Mi coche tiene aire acondicionado.

—Me voy ahora mismo, así que no te molestes.

—No es molestia.

–Déjalo, el viaje me relajará.

–Si el tráfico de Sidney te parece relajante estás para que te aten –intentó bromear Xavier–. Conduce con cuidado. El niño que llevas a bordo es mío.

–¿Cómo voy a olvidarlo? –murmuró Carli, irónica.

Xavier se quedó mirando el auricular, preguntándose si debía insistir. Sonaba rara, como si le faltara el aliento.

Pero Elaine entró en su despacho en ese momento.

–Aquí está el informe del caso Dangar. Pero no le hará gracia que se lo des a Michael. Quiere que lo lleves tú personalmente.

Xavier dejó escapar un suspiro.

–Lo llamaré mañana, a ver si puedo tranquilizarlo.

Elaine se cruzó de brazos.

–¿Estás diciéndome que no vas a representarlo?

–No es asunto tuyo.

–A ver si lo adivino… –los ojos azules de Elaine brillaban, malévolos.

–Si insistes...

–Como nunca antes te he visto pasarle un caso a nadie, supongo que es porque no quieres discutir con *cierta persona*.

–Sigue.

–¿Esa persona es tu ex mujer?

–¿Por qué no te vas a casa y le preparas las zapatillas a tu marido, como toda buena esposa debería estar haciendo a estas horas?

Elaine soltó una carcajada.

–¿Eso es lo que esperas que haga Carli ahora que ha vuelto contigo?

–Me temo que Carli haría algo muy diferente con mis zapatillas. No creo que las pusiera donde yo quiero.

–Es muy simpática –dijo su secretaria–. No entiendo cómo se enamoró de ti.

–¿Qué quieres decir con eso?

Elaine cambió el peso del cuerpo al otro pie.

–Sigues enamorado de ella, ¿verdad?

Xavier apartó la mirada.

–Te pago para que organices mi vida pública, no para que te metas en mi vida privada.

–No puedo organizar tu vida pública si tu vida privada es un desastre.

–Mi vida privada no es un desastre.

–¿Ah, no? –sonrió Elaine.

Pero antes de que Xavier pudiera contestar, salió del despacho, dejándolo con una negativa en los labios.

***

Carli decidió en el último minuto pasar por la consulta del ginecólogo porque, aunque el dolor había desaparecido, estaba preocupada.

El doctor Green fue consolador, pero realista.

–Carli, un embarazo no va siempre como uno querría. Tienes buena salud, pero trabajas demasiadas horas, deberías descansar un poco más. Tienes la tensión alta y eso no es bueno para el niño. ¿Has pensado tomarte unas vacaciones? Un par de semanas sería estupendo.

–No sé...

–¿Y tu vida personal? Sé que la relación con el padre del niño es... complicada. ¿Has llegado a un acuerdo con él?

–Algo así –contestó Carli, preguntándose qué diría el médico si le contara el ultimátum de su ex marido.

Un ultimátum al que ella se había agarrado como a un salvavidas.

–Bueno, pues mi consejo es que te tomes un par de semanas libres. Ven a verme después y, si tu salud no ha mejorado, podrías considerar trabajar a tiempo parcial hasta que nazca el niño.

Carli salió de la consulta preguntándose cómo se había complicado tanto su vida en tan poco tiempo. Cuatro meses antes era una mujer soltera, una abogada dedicada por entero a su trabajo. Volver a ver a Xavier lo había cambiado todo... lo había puesto todo patas arriba, más bien.

Sus aspiraciones profesionales habían quedado atrás para dejar sitio al niño. Su hijo, que era lo único importante en aquel momento.

Capítulo 5

XAVIER paseaba por el salón, con el cuello tenso de tanto mirar el reloj.

¿Dónde estaba?

La había llamado al móvil, pero estaba apagado. ¿Y si había tenido un accidente? Quizá estaba sangrando en alguna parte, sola...

La idea era tan insoportable que tuvo que pasarse una mano por la cara, como para borrar esa torturadora imagen.

Entonces se abrió la puerta y, sin pensar, se lanzó al pasillo como una fiera.

—¿Dónde demonios has estado?

Carli se echó hacia atrás, asustada.

—¿Se puede saber qué te pasa?

—Estaba preocupado. Perdona, no quería gritarte.

—Es que pasé por la consulta del ginecólogo.

—¿Por qué? ¿Te ha pasado algo?

—Me ha dado un dolor en la oficina...

—¿Dónde?

—Aquí —contestó ella, señalándose el abdomen.

–¿El niño? –preguntó Xavier.

–El niño está bien –le aseguró Carli–. Pero tengo que tomarme las cosas con calma, según el doctor Green.

–¿Por qué no te tumbas un rato? Yo te traeré la cena. El ama de llaves ha dejado algo en el horno, sólo tengo que calentarlo.

–Por favor, no te molestes. Me voy a la cama.

–Carli, tienes que comer. Y si el médico ha dicho que tienes que tomártelo con calma, debes hacerle caso. Estás agotada y eso no es bueno para el niño.

–Mira, esa charla ya me la ha dado el médico –replicó ella, irritada–. No necesito otra.

–¿Qué ha dicho el doctor Green?

Carli dejó escapar un suspiro mientras se sentaba en el sofá.

–Que tengo la tensión alta. Por eso se me hinchan los tobillos y me canso tanto.

–¿Y eso es peligroso para el niño?

–Si sigue así, podría serlo.

–¿Qué vas a hacer? –preguntó Xavier.

–No lo sé. Tengo muchísimo trabajo, no puedo hacerlo sólo por las mañanas.

–¿Puedo ayudarte en algo?

Carli no pudo evitar una sonrisa.

–No te imagino en mi destartalada oficina escuchando historias tristes. Será mejor que sigas con tus clientes de Armani, Xavier. En mi zona, la cosa es salvaje.

–La ley es la ley aquí y en los suburbios –replicó él.

–La única diferencia es que aquí la gente puede pagar por la justicia y en los suburbios no. Tú sirves a los ricos, Xavier, como hicieron tu abuelo y tu padre. Pero en los suburbios hay gente que necesita justicia tanto como los que tienen una buena cuenta corriente.

–Así que tú has sacrificado tus aspiraciones profesionales para ayudarlos.

–No ha sido de forma intencionada. Pero, en general, los abogados como tú miran por encima del hombro a la gente como yo, a los que intentamos hacer algo por los demás.

–No necesariamente.

–¿Ah, no? Pero tú piensas que he sacrificado mi carrera.

–Lo que creo es que trabajas demasiado –suspiró Xavier–. Y ahora, sube a tu habitación. Te llevaré la cena dentro de un rato.

Carli estaba sentada en la cama, más fresca después de ducharse y sintiéndose un poco más humana, cuando Xavier entró con una bandeja.

–A cenar –sonrió, sentándose al borde de la cama.

–¿Vas a quedarte ahí?

–Me gusta mirarte.

–Ya me imagino por qué –murmuró ella.

–Es muy divertido observar cómo tratas de de-
safiarme cuando, en el fondo, lo que quieres es
rendirte.

–Ah, claro, porque todas las mujeres necesitan
un hombre que les diga lo que tienen que hacer,
¿no? –replicó Carli, irónica.

–No, no creo eso. Pero sé que a veces te peleas
conmigo cuando el oponente real eres tú misma.
¿Por qué, Carli? No es ninguna vergüenza necesitar a alguien.

–Yo no te necesito.

–Los dos sabemos que no es verdad. ¿Por qué
si no fuiste a contarme lo del niño?

–Porque tenías derecho a saberlo...

–Fuiste porque sabías que ibas a necesitar
ayuda. Podrías haberte librado del niño sin decirme nada –replicó Xavier.

–Ni siquiera se me ocurrió pensar en un aborto.
Además, cuando me enteré ya estaba casi de tres
meses.

–Si lo hubieras sabido antes, ¿habrías abortado?

–No –contestó ella.

–No tenías que decírmelo –insistió Xavier–.
Podrías haber fingido que el niño era de otro hombre, por ejemplo. ¿Por qué te pusiste en contacto
conmigo?

Carli intentó cazar un trocito de zanahoria con
el tenedor.

–Ya te he dicho por qué.

–¿Sabes lo que yo pienso?

–No, pero seguro que tú vas a decírmelo.

–Yo creo que, en el fondo, querías que yo te resolviera el problema. Aunque no quieres admitirlo, viniste a mí para que te ayudase con algo que es increíblemente importante, más que tú y yo.

–No necesito que tú resuelvas nada, Xavier –replicó ella, dejando el tenedor sobre el plato.

Xavier pinchó un trocito de carne y levantó el tenedor.

–Abre la boca.

Levantando los ojos al cielo, Carli obedeció.

–¿Lo ves? No ha sido tan difícil.

–La verdad es que nunca había estado tan cansada. Debe ser el calor.

–Antes te gustaba el verano –murmuró Xavier, ofreciéndole el vaso de zumo.

–Ya, pero desde que estoy embarazada las cosas son diferentes.

–¿Tienes antojos?

«Sólo tú», pensó ella.

–No.

–Si te apetece algo especial, dímelo.

–Estás siendo muy amable, Xavier.

–Porque tengo interés en el asunto –sonrió él.

–A muchos hombres les da miedo ser padres.

–Pues a mí no. La idea de tener un hijo me parece un privilegio asombroso. Además, no estaba seguro de que eso fuera a pasarme.

—Pero supongo que habrías vuelto a casarte...

Xavier se encogió de hombros.

—No pensaba cometer el mismo error dos veces.

—Podrías haber tenido un hijo sin casarte —objetó Carli.

—Lo sé, pero ninguna de las mujeres con las que he salido parecía muy interesada en el asunto.

—Tener un hijo es una decisión importante.

—Y por mi culpa, tú no has podido tomarla.

Carli arrugó el ceño.

—Fue culpa de los dos.

—No, pero debería haber sido más responsable.

—Y yo —suspiró ella—. Fue un error. Estábamos excitados por lo del ascensor. En cualquier otro momento, no habría pasado.

—¿Tú crees?

Carli tragó saliva.

—Estoy... segura.

—Pues no pareces muy convencida.

—No te puedes imaginar la vergüenza que me dio después —murmuró ella, apartando la mirada.

—Yo tampoco estaba muy contento conmigo mismo —admitió Xavier—. Pero por diferentes razones.

—¿Qué quieres decir?

—Estaba enfadado conmigo mismo por no haber salido corriendo detrás de ti –contestó él, mirándola a los ojos–. Para decirte lo bien que lo había pasado en el ascensor.

–¿Lo pasaste bien en el ascensor? –preguntó ella, incrédula.

–Te tenía para mí solo después de cinco años. Me llevé una desilusión cuando nos rescataron.

–No puedes decirlo en serio.

–Pues lo digo en serio –sonrió Xavier–. Piénsalo, Carli. ¿Cuándo hemos hablado como lo hicimos en ese ascensor?

Sí, habían hablado mucho, era verdad. Y habían discutido mucho también.

–No recuerdo una sola vez en la que hubiéramos hablado de nuestros objetivos en la vida... o de lo que haríamos si aquél fuera nuestro último día en el planeta –siguió Xavier–. Siempre estábamos tan ocupados discutiendo sobre idioteces, como quién ganaba más dinero.

–Ésas también eran cosas importantes.

–Sí, pero no tanto. ¿Qué más da quién gane más dinero? Deberíamos habernos sentido felices estando juntos, construyendo un futuro para nuestros hijos.

–Entonces yo no quería tener hijos.

–Pero yo esperaba que cambiases de opinión.

Carli dejó escapar un suspiro.

–Cuando supe que estaba embarazada me puse furiosa –le confesó–. No podía creer que me hubiera pasado algo así. Pero luego empecé a pensar en el niño...

—¿Y ahora?

—Ahora tengo la impresión de que ha sido cosa del destino. Absurdo, ¿no?

Xavier acarició su pelo.

—A mí me parece muy lógico.

—¿Por qué has hecho eso? —murmuró Carli.

—Me gusta tocarlo. Es muy suave...

Ella volvió la cara para besar su mano.

—¿Por qué has hecho eso?

—Porque quería hacerlo.

—¿Por qué?

—Me gustan tus manos.

Xavier sonrió.

—Me parece que debería irme... antes de que mis manos empiecen a hacer cosas que no deberían hacer. Buenas noches, Carli —murmuró, inclinándose para darle un beso en los labios.

—Buenas noches —dijo ella, con voz entrecortada—. Te quiero —añadió cuando se cerró la puerta.

Luego se volvió y le dio un puñetazo a la almohada.

—¡Maldita sea!

Carli llamó a su oficina por la mañana para decir que no iría a trabajar en dos semanas por orden del médico. Acababa de colgar cuando Xavier entró en la habitación con una bandeja en la mano.

–¿No sabes que hay que llamar a la puerta?

–Buenos días –sonrió él–. ¿Por qué te has despertado tan gruñona?

–Por nada. Pero deberías llamar antes de entrar.

–Pensaba enviar a la señora Fingleton, pero he pensado que preferirías verme a mí. En fin, veo que me he equivocado –murmuró Xavier, dejando la bandeja sobre la cama antes de dirigirse a la puerta.

–¿Xavier?

–Mira, Carli, tengo una vista dentro de media hora –dijo él, con expresión aburrida–. Nos vemos por la tarde.

La puerta se cerró de golpe, haciendo ondas en su taza de café. Carli miró el alterado líquido, preguntándose si podría acostumbrarse a vivir sin su amor.

Carli bajó a la cocina y, después de presentarse a la señora Fingleton, decidió visitar a Eliza Dangar en Hunters Hill.

Pero cuando llegó a la casa, se percató de que el antes inmaculado jardín estaba descuidado, las malas hierbas creciendo por todas partes. Llamó al timbre y al no recibir respuesta fue a la parte de atrás para comprobar si el coche de Eliza estaba en el garaje.

Allí estaba, con las sillitas de los niños en el asiento trasero. Sorprendida, iba a marcharse cuando oyó el llanto de un niño en el interior de la casa.

–¿Eliza? ¿Estás ahí?

La puerta tardó mucho en abrirse y cuando lo hizo, Carli estuvo a punto de caerse de espaldas. Su amiga Eliza, antes una mujer guapa y con un cuerpazo, estaba escuálida, demacrada, con el pelo sucio sujeto por un par de horquillas.

–¡Eliza...! ¿Estás bien?

–Claro que estoy bien –contestó ella, a la defensiva–. ¿Por qué no has llamado antes de venir? No estoy vestida para recibir a nadie.

–Mujer, soy yo, no tienes que esconder la cesta de la ropa sucia –intentó bromear Carli.

Eliza la hizo pasar y Carli se quedó perpleja al notar el mal olor. Olía a basura, a pañales sucios... ¿Qué estaba pasando allí?

–¿Dónde están los niños?

–Amelia está en la guardería y Brody debería estar durmiendo, pero es imposible.

Cuando entraron en el salón, descuidado y sucio como el resto de la casa, Carli tomó al lloroso niño en brazos.

–¿Qué te pasa, chiquitín? –murmuró, sintiendo que la embargaba una ola de ternura. Brody no dejaba de llorar y le cantó una canción... una canción que recordaba de su infancia, algo que le cantaba su madre antes de que la depresión la hundiera en la miseria.

El declive en la apariencia de su amiga era un triste recordatorio de su infancia. Y también su casa estaba sucia, descuidada...

Cuando Brody se quedó dormido, Carli lo dejó en su cunita y se volvió hacia Eliza, que estaba fumando un cigarrillo.

—¿Cuándo has empezado a fumar?

—¿Y tú cuándo has empezado a engordar? —replicó su amiga.

Carli decidió tomar al toro por los cuernos.

—Estoy embarazada.

—¿Que estás embarazada? ¿Tú?

Carli asintió.

—No me lo puedo creer... ¿quién es el padre?

—Esto sí que no te lo vas a creer.

—¿Quién?

—Xavier.

—Me estás tomando el pelo...

—No, el padre es Xavier.

—¡Ay, Dios mío!

—Eso es exactamente lo que dijo él.

—¿Y cómo ha pasado?

—Pues... como suelen pasar estas cosas, me imagino.

—Ya sabes a qué me refiero. Pensé que no habíais vuelto a veros después del divorcio.

—No, pero nos vimos durante una conferencia... en fin, el caso es que pasó. No debería, pero...

—Creí que lo odiabas a muerte –dijo Eliza, apagando el cigarrillo y encendiendo otro de inmediato.

—Lo odiaba... o eso creía.

—Sigues enamorada de él, ¿verdad?

Carli se dejó caer sobre un sillón.

—El amor es una emoción que no se puede apagar y encender cuando uno quiere.

—Dímelo a mí –murmuró Eliza.

—¿Tú sigues enamorada de Aidan?

Su amiga miró el cigarrillo, pensativa.

—No tienes que decirme que ya no soy la mujer con la que se casó. Lo sé, y también sé que ha encontrado a otra.

—¿Tiene una aventura?

Eliza tiró el cigarrillo, con expresión amargada.

—Es normal. No soy precisamente la esposa del año.

—Estás agotada, mujer. Y yo te entiendo, con dos niños pequeños...

Los ojos de su amiga se llenaron de lágrimas.

—No puedo seguir así. No puedo...

Carli la abrazó, intentando consolarla.

—Se te pasará, ya lo verás...

Pero Eliza se apartó de golpe.

—¿Cómo se me va a pasar? ¡Tú te acuestas con el enemigo!

–Xavier no va a representar a Aidan.

–¿No?

–Hablé con él y... lo convencí para que le pasara el caso a un compañero más joven.

–¿Hablaste con él o te acostaste con él?

–Es más complicado que eso. Estamos viviendo juntos, pero... no tenemos relaciones. Es una especie de arreglo –contestó Carli, sorprendida por la actitud de su amiga.

–¿Y crees que eso va a durar? ¿Se te ha olvidado lo que sufriste hace cinco años? Xavier te rompió el corazón.

–Puedo cuidar de mí misma, no te preocupes.

–Sí, claro, yo decía lo mismo y mira lo que me ha pasado.

–¿Qué te ha pasado, Eliza? –preguntó Carli.

–No lo sé... Yo era tan organizada, tan feliz, lo tenía todo tan controlado. Y entonces, poco a poco empecé a perder los nervios. Un día le di una bofetada a Amelia... y Brody me vuelve loca cuando llora –murmuró su amiga, enterrando la cara entre las manos–. No sé qué me pasa. No como, no puedo dormir... tengo ataques de pánico cuando voy al supermercado...

–¿Has ido al médico?

–No pienso ir a un psiquiatra.

–Me refiero a tu médico de cabecera. Podrías tener una depresión post-parto o un desequilibrio hormonal...

–Un diagnóstico no va a salvar mi matrimonio, Carli. Especialmente con Xavier defendiendo a Aidan.

–Ya te he dicho que no va a defenderlo. Me lo ha prometido.

–Y supongo que también te habrá prometido quedarse a tu lado cuando nazca el niño –replicó Eliza, irónica–. No seas tonta, Carli. Esta mañana me ha llamado Aidan para decir que Xavier va a conseguir que me quiten los niños.

–¿Qué?

Xavier le había mentido. Le había hecho creer que un compañero llevaría el caso, pero no tenía intención de hacerlo. Todo había sido una trampa, una trampa vergonzosa y despreciable para convencerla de que viviera con él.

–Mira... vamos a limpiar un poco todo esto –dijo, para calmarse–. Luego pensaremos en algo.

–¿Qué vamos a pensar? Ya no hay nada que hacer –suspiró su amiga, derrotada.

Varias horas después, la casa de Eliza estaba como nueva y Carli volvió a casa... a casa de Xavier, satisfecha. Además, había logrado que su amiga le prometiera ir al médico para hablarle de su depresión.

Pero tenía que hablar con Xavier. Vaya si tenía que hablar con él.

Cuando por fin llegó a casa, le estaba esperando en el salón.

–¿Qué tal?

–Bien, he tenido un día muy interesante.

–¿Ah, sí?

–Mucho –contestó Carli.

–Tengo la impresión de que hay algo que no me cuentas. ¿Por qué no me ahorras el esfuerzo de intentar adivinarlo?

–No debería ser muy difícil. Después de todo, tú eres un abogado brillante, ¿no?

–Mira, Carli, ha sido un día muy largo. ¿Por qué no cortas el rollo y dices lo que tengas que decir?

–¡Me has mentido!

–¿Yo? ¿En qué?

–Dijiste que no ibas a defender a Aidan. Usaste esa promesa para convencerme de que viniera aquí.

–Es costumbre hablar con el cliente antes de hacer ningún cambio...

–Estás evadiendo la cuestión.

–No estoy evadiendo nada. Aún no he hablado con Aidan, pero mi secretaria tenía que llamarlo para decir que el caso lo llevará uno de mis compañeros.

–No te creo.

–Eso es cosa tuya –suspiró él.

–¿Cuál era el plan, Xavier? ¿Traerme a tu casa para ver si así podías meterte en mi cama otra vez? ¿Tú crees que cometería el mismo error dos veces?

Xavier tuvo la poca vergüenza de sonreír.

–Si quieres que te sea sincero, me parece que no me costaría mucho.

–Inténtalo si te atreves –replicó ella, furiosa.

–¿Eso es una invitación? Sé que prometí no tocarte, pero si has cambiado de opinión...

–¡No te acerques a mí!

–Eres la única persona capaz de decir una cosa con la boca mientras tus ojos comunican exactamente lo contrario –murmuró él, acariciando su pelo–. Además, me miras con esos ojos...

–¿Qué dices?

–Me miras como invitándome, Carli. Y te tiemblan los labios, como si estuvieras llamando a los míos.

–¡No digas tonterías! –exclamó ella.

–Deja de luchar, cariño. ¿Para qué luchar contra lo inevitable?

–Xavier... –Carli no sabía qué iba a decir, pero su nombre escapó de sus labios sin que pudiera evitarlo–. Por favor...

Capítulo 6

XAVIER inclinó la cabeza para besar la comisura de sus labios y ella contuvo el aliento. Luego mordió su labio inferior, manteniéndolo cautivo con una ternura insoportable.

Era cierto. ¿Para qué luchar contra lo inevitable? Amaba a su ex marido, seguramente lo amaría siempre.

Y no había nada más que decir.

—Yo no quiero hacerte daño, Carli —murmuró, tomándola en brazos—. Nunca he querido hacerte daño.

Cuando llegaron a la habitación, a oscuras, Xavier la dejó sobre la cama y empezó a desnudarla con manos temblorosas.

—Lo haré despacio, con mucho cuidado —dijo en voz baja, deslizando la mano entre sus piernas.

—Pero quiero sentirte dentro —dijo Carli.

Y Xavier obedeció. Con cuidado, sujetándose al borde de la cama para no llegar demasiado dentro, mirándola a los ojos.

Era tan maravilloso sentirlo así. La llenaba tan completamente, su cuerpo recibiéndolo como si volviera a casa después de una larga ausencia.

Carli arqueó la espalda para recibirlo mejor, pero aun así no era suficiente. Estaba a punto de suplicarle que se dejara ir, que se perdiera en ella, cuando Xavier metió la mano entre sus cuerpos para acariciar la delicada perla de su deseo. Carli saltó al notar el contacto, todos los músculos de su cuerpo en tensión, preparándose para llegar al paraíso.

De repente, estaba allí, al borde del precipicio, a punto de caer en un éxtasis en el que el pensamiento consciente no tenía sitio.

Pero volvió a la realidad a tiempo para sentir que él explotaba en su interior, sus jadeos la única pista del placer que le había dado.

Sólo entonces Carli se dio cuenta de cómo se había traicionado a sí misma. Había vuelto a hacerlo, había dejado que Xavier la usara a placer, cuando quiso, como quiso... Sólo lo había hecho para demostrar que podía hacer con ella lo que quisiera.

Carli se levantó de la cama y, con toda la dignidad posible, buscó su ropa en el suelo.

—¿Dónde vas? ¿Qué pasa?

—¿Tienes que preguntarlo?

—¿Te da vergüenza desearme? —preguntó Xavier.

–¡Claro que me da vergüenza! No estamos casados y... y...

–Estamos esperando un hijo.

–¡Y nos odiamos! Es... es...

–Natural.

–¡Es completamente antinatural! –insistió Carli–. Tú no sientes nada por mí. Nada más que el más básico deseo animal y no...

–¿No qué?

–No tenías derecho a hacerlo. No tenías derecho a seducirme, prometiste no hacerlo.

–Espera un momento –dijo Xavier entonces–. ¿Cómo que te he seducido? ¿Quién era la que insistía en tenerme dentro...?

–¡Cállate! No me hagas sentir peor.

–¿Se puede saber qué te pasa? ¿No es un poco tarde para hacer el numerito de la virgen indignada?

–¿Cómo has podido usarme de esa forma? –le espetó Carli.

–No te he usado, Carli –suspiró él.

–Sólo te has acostado conmigo para demostrar que podías hacerlo.

–Podrías haberme detenido en cualquier momento.

–¿Cómo? No puedo pensar cuando me tocas.

–Y eso es lo que no puedes soportar, ¿no? ¿Por qué te asusta tanto desearme? ¿Por qué te da miedo necesitarme?

–¡Yo no te necesito! Me has pillado en un momento de debilidad... nada más. La próxima vez no seré tan tonta.

—Yo no he dicho que lo fueras.

—No tienes que hacerlo.

Xavier se pasó una mano por el pelo.

—Parece que tu objetivo en la vida es apartar a todo aquél que se acerca demasiado. ¿Por qué haces eso? ¿Tiene algo que ver con tus padres?

—No me gusta hablar de ese tema...

—Ya sé que no te gusta hablar de eso, pero en algún momento tendrás que enfrentarte con los problemas que trajiste a nuestro matrimonio. Siempre dices que rompimos por mi culpa, pero empiezo a preguntarme si eso es verdad.

—Nuestro matrimonio se rompió porque tú pusiste tu carrera por delante de todo lo demás.

—O me cuentas qué pasó con tu familia o haré lo que sea necesario para enterarme, Carli —la amenazó Xavier entonces.

—Haz lo que te dé la gana —replicó ella.

—¿Por qué no quieres contármelo?

—¿Por qué no me dejas en paz?

—¿Qué escondes?

—Nada.

—Mira, Carli, ninguna familia es perfecta.

—La tuya dice serlo.

—Mi familia no es perfecta en absoluto, aunque yo he tardado mucho tiempo en darme cuenta —suspiró Xavier—. Y no sabes cuánto lo lamento.

Había algo en su tono, en su forma de mirarla, que la animó a hablar.

–Mi padre dejó a mi madre cuando yo tenía diez años. Aparentemente, se había enamorado de su secretaria. Mi madre se quedó destrozada, absolutamente deprimida; una depresión que aumentó con el paso de los años, de la que nunca pudo salir. Un día, cuando yo tenía dieciséis años, volví del colegio y me la encontré en la bañera... se había cortado las venas. Yo pensé que si no me hubiera quedado tomando un helado con mis amigas habría podido impedirlo... Fin de la historia.

Xavier tragó saliva, impresionado.

–Carli, ¿por qué nunca me lo habías contado?

–¿Por qué iba a hacerlo?

–Porque soy... era tu marido. Debería haber sabido eso.

–No me gusta que la gente sienta compasión por mí. Acabé harta del: «Ahí va la pobre chica cuya madre se suicidó». ¿Sabes lo que es eso? ¿Que te miren, que te señalen con el dedo?

–¿Se lo has contado a alguien? –preguntó Xavier–. ¿A Eliza?

–No. Conocí a Eliza en la universidad... Ninguno de mis amigos conoce la historia.

–Debió ser horrible para ti, una pesadilla.

–Lo fue, pero ya ha pasado. Ocurrió hace mucho tiempo.

–¿De verdad ha pasado?

Carli apartó la mirada.

–Sí.

–¿Y tu padre? ¿Has vuelto a verlo alguna vez?

–No lo he visto ni quiero verlo. No sólo dejó a mi madre, me dejó a mí también.

Xavier apretó los labios, pensativo.

–Creo que empiezo a entender por qué nuestro matrimonio estaba destinado al fracaso.

–¿Qué quieres decir?

–Tu inseguridad deja poco espacio a la confianza. Tu padre abandonó a tu madre y, como resultado, para ti todos los hombres son como él, unos oportunistas dispuestos a hacer lo que sea, a herir a quien haga falta para conseguir lo que quieren.

–O sea, que es culpa mía que nuestro matrimonio fracasara, ¿no? ¿Y tú qué?

–No he dicho que fuera culpa tuya, Carli. Pero si hubiera sabido esto cuando nos casamos, las cosas habrían sido distintas.

–¿Ah, sí? ¿Cómo?

–No sé, quizá te habría escuchado más... creo recordar que entonces eso no se me daba muy bien.

Carli se quedó sorprendida por la confesión.

–Supongo que estaba tan cegado por lo que sentía por ti que no vi lo que nos estaba pasando. Y, como tú misma has dicho muchas veces, estaba demasiado centrado en mi carrera. Tenía un objetivo frente a mí e iba directo hacia él. Como tú, hacía lo que había visto en mi familia.

–Los dos hemos cometido errores –murmuró Carli.

–Y supongo que el truco es no volver a cometerlos.

–Sí...

Xavier asintió con la cabeza. Ahora entendía por qué el matrimonio le había parecido tan sofocante, por qué se encontraba tan incómoda con su familia. Su lucha por ser independiente era una lucha vital; no quería depender de nadie como había hecho su madre porque quería sobrevivir.

–Carli... –la llamó cuando ella abrió la puerta.

–Necesito estar sola un rato.

Fue la bofetada que sabía se merecía. Pero le dolió de todas formas.

–Entiendo.

La puerta se cerró, pero Xavier sabía que pasarían horas, quizá días, hasta que su perfume desapareciera de la habitación.

Capítulo 7

CARLI esperó hasta que Xavier salió de casa al día siguiente para bajar a la cocina. Sabía que estaba siendo una cobarde, pero cada vez que recordaba lo que había pasado la noche anterior se moría de vergüenza.

¿Cómo podía haber vuelto a cometer el mismo error? No significaba nada para él, sólo era sexo, pero para ella lo era todo.

No sólo le había entregado su cuerpo, le había ofrecido su alma. Y Xavier la había pisoteado como hizo su padre con su madre, como Aidan Dangar estaba haciendo con Eliza.

La visita a su amiga por la tarde no la animó en absoluto.

–¿Cómo que no has ido al médico? Me prometiste que irías.

Eliza sacó un cigarrillo.

–Se me olvidó.

–¿Que se te olvidó? Te llamé esta mañana para recordártelo.

–Cambié de opinión.

–Eliza, eso es ridículo. Tú quieres conservar a tus hijos, ¿no?

–Claro que sí.

–Pues es ahora cuando empieza la batalla. ¿Es que no te das cuenta? Tienes que estar sana, fuerte, eso es lo más importante. Ningún juez te dará la custodia de los niños si no puedes demostrar que eres capaz de cuidar de ellos...

–Sabía que te pondrías de parte de Xavier. ¿Qué ha hecho para convencerte, meterse en tu cama?

Carli levantó los ojos al cielo.

–¿Por qué dices eso? Yo estoy de tu parte, quiero que te quedes con los niños, Eliza. ¿Sabes una cosa? Voy a llamar a la consulta ahora mismo. Y vas a ir conmigo, quieras o no. Aunque tenga que llevarte a rastras.

Media hora después, salían de la casa. Eliza no iba de buen grado, pero al menos había aceptado consultar con el médico.

Una hora después, su amiga salía de la consulta con un algodón en el brazo y una sonrisa en los labios.

–¿Qué?

–Tenías razón, el médico opina que tengo un desequilibrio hormonal. Los resultados del análisis tardarán unos días, pero cree que podría ser algo llamado la enfermedad de Grave. Por lo visto, es muy normal después de un embarazo.

–¿Y cómo se trata?

–Con pastillas. Y, a veces, con una operación para extirpar una parte de la glándula tiroides.

–Tienes que decírselo a Aidan lo antes posible –insistió Carli.

Eliza levantó una ceja.

–Voy a tomar prestada una frase tuya de hace cinco años: «No quiero volver a ver a mi marido mientras viva».

Carli no dijo nada. Algunas frases dejaban de tener sentido mucho antes de lo que uno hubiera esperado.

Durante el resto de la semana, Carli se percató de que Xavier hacía un esfuerzo por mantener las distancias. Se trataban con amabilidad, pero él volvía tarde a casa, casi siempre cuando ella ya se había ido a la cama.

Carli esperaba despierta para oír sus pasos, deseando tener el valor de enfrentarse con él para decirle cuánto lamentaba los errores del pasado.

Cada noche, cuando oía el grifo de la ducha en su cuarto de baño, se atormentaba imaginando su cuerpo desnudo bajo el agua y tenía que hacer un esfuerzo para no saltar de la cama y reunirse con él, como había hecho tantas veces cuando estaban casados.

La realidad era que se sentía sola, más sola que nunca.

Qué diferente habría sido todo si estuvieran juntos de nuevo, si pudieran hacer planes para el futuro de su hijo. Qué diferente si fuese el amor lo que los uniera y no la responsabilidad de ser padres.

El viernes por la noche, Carli decidió ir al cine en lugar de quedarse en casa esperando... nada. Pero no veía las imágenes, no oía las voces de los actores. Sólo podía pensar en Xavier.

Cuando se encendieron las luces y se levantó del asiento sintió algo en su interior, como las alas de una mariposa atrapada en un tarro de cristal. Era su hijo.

El hijo de Xavier.

Estaba metiendo la llave en la cerradura cuando la puerta se abrió de un tirón. En el pasillo estaba él, furioso.

–Supongo que no tengo derecho a preguntar dónde has estado las últimas –Xavier miró su reloj– cinco horas.

–En el cine –contestó Carli.

–¿Con quién? –insistió Xavier.

–Yo podría preguntarte lo mismo cada noche,

pero no voy a fingir que estoy interesada –replicó ella.

–¿Qué significa eso?

–Que sólo son las diez y media y tú has vuelto a casa toda la semana después de medianoche.

–Estaba trabajando.

–¿Ah, sí? ¿En qué, en tu nueva vida amorosa?

–¿Qué estás diciendo? ¿Cómo voy a tener una vida amorosa si ahora... si ahora tú estás aquí?

–¿Y qué clase de relación es la nuestra, Xavier? Cuéntamelo otra vez, porque no me he enterado.

–Tú lo sabes muy bien.

–A ver si me acuerdo... ah, sí. Estoy embarazada y tú me has chantajeado para que viviera en tu casa. ¿Cómo podría olvidarlo?

–Estás siendo muy poco razonable.

–¿Yo estoy siendo poco razonable?

–Mira, Carli, yo sólo intento hacer lo que debo...

–¿Ah, sí? Lo que deberías hacer es dejarme en paz.

Xavier se cruzó de brazos.

–Muy bien. Veo que tienes ganas de pelea, así que empieza cuado quieras.

–¡No puedo creer la cara que tienes! Llevo toda la semana sola en casa y para un día que se me ocurre ir al cine tú estás a punto de llamar al FBI. Tú puedes llegar a la hora que quieras, pero si yo llego tarde tenemos una bronca. Esto me suena...

–¿Qué película has visto?

Carli lo miró, perpleja.

–Pues... no me acuerdo. La verdad es que no me interesaba nada.

–Ya, claro.

–¡Que he estado en el cine!

–Sí, ya.

–Lo que pasa es que, cuando estoy estresada, no me acuerdo de los títulos.

–Te creo –dijo Xavier entonces.

–Estaba distraída, no me acuerdo de la trama. Estaba pensando en otras cosas.

–¿Qué cosas?

–¿Qué es esto, un interrogatorio de los tuyos? ¿Por qué no me cuentas dónde has estado tú todos estos días? –replicó Carli.

–¿Por qué no me has dicho que no ibas a la oficina?

–No sé, a lo mejor porque nunca estás en casa el tiempo suficiente como para oír una frase completa.

–¿Me has echado de menos? –preguntó Xavier.

–¡No! No te he echado de menos.

–Entonces, ¿por qué quieres saber dónde he estado?

–Pues... no sé por qué tengo yo que decirte dónde voy o dejo de ir si tú no haces lo mismo.

–Ya te he dicho que estaba trabajando. Si no me crees, puedes llamar a mi secretaria.

–Ella dirá lo que tú le hayas pedido que diga –replicó Carli, sarcástica.

–Te equivocas. Elaine piensa que soy un idiota por haberte tratado como te traté cuando estábamos casados.

–¿Ah, sí?

–Y dice que eres muy simpática, que no entiende por qué te casaste conmigo.

–Qué chica más inteligente.

–Claro que no le he contado el episodio de los jarrones –dijo Xavier entonces.

–Muy gracioso. ¿Por qué no clavas los muebles al suelo, por si acaso se me ocurre añadir una librería a mi repertorio?

–No creo que pudieras tirarme nada más grande que un tiesto.

–Pues te equivocas, soy muy fuerte.

Xavier sonrió mientras se acercaba.

–¿Qué haces?

–Quiero tocarte, para ver si siento al niño.

Carli dejó que pusiera la mano en su abdomen.

–¿Tú sientes algo?

–Lo he sentido en el cine. Eran como alas de mariposa.

–¿En serio?

–Sí.

–¿Te has preguntado alguna vez a quién va a parecerse?

–Sí.

–Yo también. Me imagino una niña con el pelo castaño... y un carácter de mil demonios.

–Pues yo me imagino un niño de pelo negro y empaque arrogante.

Xavier soltó una carcajada.

–¿Te da miedo el parto? –preguntó después.

–Un poco. A veces... no sé, me gustaría que viviera mi madre. Me gustaría hablar con ella de todo esto.

Él asintió, pensativo.

–Yo estaré a tu lado.

–Sí, pero ¿durante cuánto tiempo?

–¿Cómo? Tú sabes que yo quiero a este niño.

–Al niño, sí.

–¿Crees que no quiero saber nada de ti?

Carli hizo una mueca.

–No soy precisamente la mujer de tus sueños, ¿no?

–Carli...

–No, déjalo. No me insultes fingiendo que te importo tanto como el niño. Sé lo que va a pasar en cuanto nazca.

–Entonces, a lo mejor te gustaría compartirlo conmigo –dijo Xavier–. Porque no sé de qué estás hablando.

–¿Cuánto tiempo tardarás en pedir la custodia?

–¿Crees que yo haría eso?

–¿No lo harás?

–Claro que no.

–Lo has hecho por otros hombres –le recordó Carli–. ¿Cómo está Aidan Dangar, por cierto? ¿Habéis estado planeando aniquilar a Eliza durante esta semana?

–Mira, sé cuál es mi reputación... y quizá me la merezco, pero después del divorcio estaba resentido con cualquier mujer que quisiera hacer sufrir a su marido...

–¿Crees que yo quise hacerte sufrir? –lo interrumpió Carli.

–Quizá no lo hiciste a propósito, pero no puedes negar que estabas amargada y me lo pusiste muy difícil.

–Como tú a mí. Yo puse todo lo que pude en nuestro matrimonio, dejando mi carrera a un lado para que tú pudieras brillar en la tuya. Al final, no me quedó más remedio que marcharme para no acabar como mi madre.

–La situación de tu madre era completamente diferente –replicó Xavier–. No tenías por qué haber tirado la toalla, podríamos haberlo intentado...

–¿Cómo? ¿Olvidándome de mi carrera, quedándome en casa como hizo tu madre? Yo me habría vuelto loca yendo todos los días a la peluquería.

–Mi madre es de otra generación, Carli.

–Sí, claro, y por eso insistías en tener hijos.

–Pensé que... no sé qué pensé, que así serías más feliz. No quería perderte.

–Pero cuando te dije que quería el divorcio no pusiste ninguna pega.

–Los hombres tenemos nuestro orgullo, Carli –suspiró Xavier–. Bueno, voy a ducharme. La señora Fingleton ha dejado algo en el horno para ti.

Ella dejó escapar un suspiro mientras lo veía subir la escalera, deseando llamarlo...

La había amado una vez. ¿Podría volver a amarla?

Carli despertó de un sueño ligero y cargado de pesadillas al oír ruido en el piso de abajo. Sin pensar, se puso la bata y bajó a la cocina.

–Hola. ¿No podías dormir? –preguntó Xavier.

–No... creo que extraño la cama.

–¿Por qué no duermes en la mía?

–Muy gracioso.

–Lo digo en serio –murmuró él, mirándola a los ojos.

–No, gracias.

–¿Por qué no?

–Tú sabes por qué no.

–¿Por qué no quieres admitir que me deseas?

–No quiere decir no, señor Knightly –replicó ella, irritada–. Y estoy harta de esta conversación. ¿Por qué no hablamos de Aidan?

–¿Por qué no hablamos de Eliza? Creo que está como una cabra. ¿Has visto su casa últimamente?

No pensarás que eso es normal, ¿no? No me extraña que Aidan se haya marchado de allí.

–Qué típico –dijo Carli entonces–. No lo entiendes, ¿verdad? Los hombres esperan que las mujeres parezcan modelos y cocinen como un chef, pero cuando la relación pasa por un mal momento lo primero es echar mano de los papeles de divorcio.

–Si no recuerdo mal, fuiste *tú* quien echó mano de esos papeles –replicó Xavier.

–No estamos hablando de mí, estamos hablando de Aidan y Eliza.

–No te metas en esto, Carli. Eliza ha perdido los papeles hace tiempo.

–Pero nadie se ha molestado en echarle una mano, ¿verdad? Está loca y como está loca hay que quitarle los niños. ¿Pues sabes lo que le pasa? Que está enferma, pero en cuanto se ponga bien...

–Tú eres abogado, no consejera matrimonial, no te metas en esto –la interrumpió Xavier–. Además, ¿no deberías preocuparte por tu propia vida antes de resolver los problemas de los demás?

–¿Y tú no deberías escucharme en lugar de interrumpir como si estuviera diciendo una estupidez? –le espetó Carli.

–Mira, cariño...

–Déjate de «cariños» y escucha cuando estoy hablando.

–Me interesa mucho lo que dices, de verdad.

–¿Ah, sí? Pues quién lo diría.

Xavier levantó los ojos al cielo.

–Me quedaría aquí charlando un rato contigo, pero he quedado esta mañana con Aidan a primera hora para jugar al golf. No lo está pasando bien.

–Dile que no siga adelante con el divorcio.

–Yo no puedo decirle lo que debe hacer con su vida.

–Si sigue adelante, destrozará la vida de Eliza.

–Muy bien, hablaré con él... pero no creo que sirva de nada.

–Inténtalo, por favor.

–De acuerdo. Además, también intentaré volver más temprano a casa.

Carli apartó la mirada.

–No lo hagas por mí.

Xavier dejó escapar un suspiro.

–¿Quieres que cenemos juntos esta noche?

–No lo sé. Llámame por la tarde –contestó ella, saliendo de la cocina.

Capítulo 8

CARLI se pasó la mañana en la piscina, obligándose a sí misma a hacer varios largos. Pero mientras lo hacía no dejaba de pensar en Xavier...

Se detuvo un momento para respirar, sentada al borde de la piscina, pensando en aquella noche, cuando le pidió el divorcio.

Lo triste era que ni siquiera lo había dicho en serio. Estaba tan furiosa con él...

Aún podía oír el sonido de sus pasos mientras se acercaba a ella, pisando los restos de los jarrones de porcelana...

Cuando llegó a su lado la tomó por los brazos, furioso. Y ella no había sido capaz de resistirse. Le había devuelto el beso con toda la pasión de la que era capaz, el deseo escapando a su control como siempre que su marido la tocaba.

Y le daba igual. Quería que Xavier la amase tanto como lo amaba ella, que sufriera tanto como ella sufría.

Tiraron la lámpara de la mesa en su prisa por llegar al sofá, sin dejar de besarse, arrancándose la ropa a manotazos.

No habían hecho el amor en una semana y quizá por eso se sentía tan frágil, tan asustada. Quizá temía que Xavier ya no la amase.

Hicieron el amor de forma salvaje, Carli clavándole las uñas en la espalda, su marido clavándose en ella, jadeando. Xavier apenas esperó hasta que ella llegó al paraíso antes de dejarse ir con una fuerza inusitada, su gruñido de ronco placer como música para sus oídos.

–¿Estás satisfecha? ¿Era esto lo que querías?

–No...

–¡Contéstame, Carli!

–No quería esto.

–No te creo.

–Me da igual.

–La próxima vez que quieras un revolcón rápido, sólo tienes que decirlo.

–Quiero el divorcio –dijo Carli entonces.

El silencio que los envolvió a partir de aquel momento era ensordecedor.

Y luego Xavier se levantó y empezó a ponerse los pantalones, con toda tranquilidad. Pero cuando Carli se levantó para explicar que no lo había dicho en serio y él la miró de arriba abajo, fue incapaz de decir nada. Medio desnuda, se sentía completamente avergonzada...

–Así que quieres el divorcio, muy bien. No te preocupes, yo no voy a poner ningún obstáculo.

Carli quería que lo impidiera, que dijese que no. ¿Por qué no lo hacía?

Lo miró, atónita, mientras tomaba la camisa del suelo, dándole una patada a la lámpara antes de salir del salón.

Lo miró, atónita, mientras salía de su casa dando un portazo.

Carli miraba el agua de la piscina, sin verla.

¿Por qué se había portado como una niña pequeña?, se preguntaba. ¿Por qué no había sido capaz de decirle la verdad? Empezaron el proceso de divorcio e incluso entonces, estaba convencida de que no llegarían al final. Pero así fue. Cuando recibió los papeles firmados por Xavier no podía creerlo, pero allí estaba su firma.

Carli se levantó y, después de una ducha rápida, decidió ir de compras. No quería que Xavier pensara que lo estaba esperando.

El bebé se movió cuando estaba mirando una chaquetita azul de croché y se preguntó si sería un niño. Pero cuando estaba mirando un vestidito rosa, el bebé volvió a moverse dentro de ella.

De modo que compró las dos cosas.

***

Xavier paseaba por el salón, nervioso, mirando el teléfono, como si así fuera a sonar.

Pero no sonaba.

Había intentado hablar con Aidan sobre Eliza, pero su amigo se negaba a hablar del tema. Parecía estar deseando que terminase el juego y no quería hablar de una posible reconciliación, sólo le interesaba el divorcio.

–Quiero que sea lo más rápido posible –le había dicho.

–¿Por qué no esperas un poco?

–¿Para qué? No te entiendo, Xavier. Habías dicho que me representarías y ahora resulta que va a hacerlo otra persona. Pensé que eras mi amigo.

–Ya te he explicado por qué.

–Ya, claro, esa ex mujer tuya te tiene controlado –replicó Aidan, irónico–. ¿Por qué has vuelto con ella? Te mandó a paseo hace cinco años, ¿qué quieres, que vuelva a hacerlo?

–Ya sabes cómo son estas cosas –contestó Xavier, buscando su bola en el bunker–. Es difícil librarse de las viejas costumbres.

–¿Seguro que está embarazada? A lo mejor te está tomando el pelo.

–Pues no, no me está tomando el pelo –contestó Xavier, cada vez más molesto con el tono de su amigo.

–Siempre pierdes el control con Carli, ¿eh? No puedes con ella.

Xavier no contestó. Una negativa no iba a sonar más convincente que un silencio, pensó. Además, no estaba preparado para admitir lo que sentía por su ex mujer.

–¿Sigues enamorado de ella? –le preguntó Aidan, sacando un hierro 5 de la bolsa.

–Pensé que íbamos a hablar de tu situación, no de la mía.

–Mi situación es completamente diferente. Que yo sepa, Carli sigue siendo Carli. Pero Eliza es una persona completamente diferente.

Xavier arrugó el ceño. ¿Era Carli la misma persona que cinco años antes o habría cambiado?

Por impulso, y a última hora, Carli decidió entrar en una peluquería. O quizá era una forma de intentar evitar lo inevitable.

Porque sabía que en cuanto volviera a casa, sería suya durante el tiempo que Xavier quisiera. Daba igual que intentara resistirse, que intentara disimular, que se dijera a sí misma que, al final, acabaría con el corazón roto. Sólo podía pensar en él, en cuánto lo amaba, en cuánto lo había amado siempre.

Xavier la completaba como no podía completarla ningún otro ser humano. Sí, eran tan diferentes como podían serlo dos personas, pero ¿no era eso precisamente lo que creaba una química irresistible?

Sólo se sentía viva a medias cuando no estaba con él y ya no tenía sentido negárselo a sí misma.

Después de arreglarse el pelo, Carli decidió ir a tomar un café, pero tuvo que cruzar las piernas, casi sintiendo a Xavier entre ellas...

Media hora después llegaba a casa, pero antes de que pudiera sacar la llave del bolso la puerta se abrió.

—¿Para qué tienes un móvil si no lo llevas nunca?

Carli pasó a su lado y dejó las bolsas sobre una mesita.

—Lo llevo... apagado.

—Ah, qué bien.

—¿Le has dicho a Aidan que espere un poco antes de pedir el divorcio?

—He sacado el tema, pero él no parecía tener ganas de hablar. Supongo que, en su opinión, esto ya no es asunto mío. Como no voy a representarlo...

—¿De verdad has dejado el caso? —preguntó Carli.

—¿No me pediste que lo hiciera?

—Sí, claro.

—Pero pensabas que no iba a hacerlo, ¿verdad?

—No estaba segura...

—¿Qué tengo que hacer para que confíes en mí?

—No lo sé —contestó ella.

—Le he dado el caso a un compañero del bufete. Y a Aidan no le ha hecho ninguna gracia, claro.

—¿Qué le has dicho, le has dado alguna explicación?

—No, pero sabe que estoy contigo, así que supongo que ha sumado dos y dos.

«Sabe que estoy contigo». Eso sonaba tan... informal.

—¿Qué has comprado? —preguntó Xavier entonces.

—Un par de cosas para el niño.

—A ver, enséñamelas.

Carli sacó la chaquetita azul.

—Muy mona. ¿Crees que es un niño?

Como respuesta, Carli le mostró el vestidito rosa.

—Ah, no, ya veo que no.

—Aún no estoy decidida.

—Ya. ¿Y sobre la cena? ¿Has decidido si quieres cenar conmigo? —preguntó Xavier.

La verdad era que quería cenar con él, que quería pasar el resto de su vida con él. Pero, ¿cómo iba a decírselo?

—¿Dónde has pensado ir?

—¿Qué tal si te doy una sorpresa?

Carli se dirigió hacia la escalera, bolsas en mano.

—Muy bien. Dame diez minutos.

—Cinco.

—Siete.

—Cuatro.

–¡Necesito más tiempo!

–¿Para qué? Estás preciosa. Por cierto, me encanta tu pelo. ¿Qué te has hecho?

–Me lo he cortado un poco –contestó Carli.

Se había dado cuenta, Xavier se había fijado en su corte de pelo. Ojalá eso no la emocionara tanto, pensó.

–Te quedan tres minutos –murmuró él entonces, tomándola por la cintura.

Y Carli supo que esa noche no dormiría sola.

Carli se quedó sorprendida al ver el restaurante que Xavier había elegido. La decoración había cambiado, pero seguía siendo el mismo sitio al que habían ido a cenar por primera vez como pareja.

¿Qué querría decirle? ¿Tendría algún significado o era un mero capricho llevarla allí?

–¿Por qué estamos aquí?

–¿Por qué no?

Había sido su restaurante favorito. Allí celebraron su primer mes juntos, el segundo... allí le había pedido que se casara con él.

El dueño del restaurante se acercó entonces y saludó a Xavier por su nombre. Luego, cuando la vio a ella, lanzó una exclamación de sorpresa.

–¡Carli Knightly! Por fin la tenemos de vuelta.

–Ahora se llama Carli Gresham.

–¿Gresham? Bah, para mí siempre serás Carli Knightly –sonrió Emilio–. ¿Qué os apetece tomar?

Después de pedir la cena, Xavier apretó su mano.

–Tranquila, mujer. Pareces temer que salgan todos de la cocina para regañarte por haberme dejado.

–Ellos no tenían que vivir contigo... yo sí.

–Pues entonces parecías pasarlo bien.

Carli no podía discutir eso. Era verdad. En general, era increíblemente feliz con Xavier, compartiendo su vida, su cama...

–Tenía sus compensaciones –admitió.

–¿A pesar de mi familia y de la obsesión por mi carrera?

–Aunque alguna vez he dicho lo contrario, esto no tuvo nada que ver con tu familia –le confesó Carli–. Estábamos en momentos diferentes de nuestras vidas... sencillamente, no podía funcionar.

–¿Sabes una cosa, Carli? Si buscas el fracaso, eso es exactamente lo que encuentras. Nuestro matrimonio habría funcionado, pero tú estabas convencida de que no sería así.

¿Sería cierto? ¿Habría habido alguna posibilidad para ellos?

–Siempre estabas discutiendo una cosa u otra –siguió Xavier–. No había terminado nuestra luna de miel cuando me dijiste que no querías tener hijos. ¿Te puedes imaginar lo que sentí?

—Quizá deberíamos haberlo hablado antes de casarnos. O quizá deberías haber hecho una lista de las cosas que buscabas... si pensaba dejar mi trabajo, cuántos hijos pensaba tener —replicó ella, irónica—. Podrías haberte ahorrado muchos problemas y, sobre todo, habrías tenido tiempo de buscar la mujer florero que te interesaba.

Xavier dejó escapar un suspiro de impaciencia.

—¿Cuándo te he tratado yo así? Si te quedases conmigo, serías una de esas pocas mujeres afortunadas que pueden tenerlo todo: un marido, hijos, una carrera.

—¿Un marido?

—Hablaba en sentido figurado —dijo él enseguida, apartando la mirada.

Carli buscó algo en su expresión, una pista, pero sólo podía ver la rigidez de su mandíbula. No había amor en sus ojos. No quería casarse con ella porque sabía en el fondo que la atracción que había entre ellos pasaría con los años, que no era algo permanente. Quería tener a su hijo, pero no estaba preparado para comprometerse.

La ironía era dolorosa. Allí estaba ella, una feminista convencida, deseando que Xavier clavara la rodilla en el suelo para decirle que no podía vivir sin ella.

Pero podía vivir sin ella.

Lo había hecho durante cinco largos años.

La había reemplazado con amantes, no sabía cuántas, pero...

–¿Es que no te das cuenta de que estoy intentando que esto funcione? –exclamó Xavier entonces.

–Una pena que no nos saliera bien la primera vez.

–Bueno, pues ya sabes lo que dicen de la práctica. Con práctica se perfecciona todo.

–¿Tú crees?

–Piensa en lo que tenemos, Carli. Te derrites entre mis brazos...

–Sí, eres un buen amante, pero supongo que has practicado mucho durante estos cinco años –lo interrumpió ella–. Mira qué suerte tengo.

–¿Te molesta que haya tenido amantes?

–¿Por qué iba a molestarme?

–Claro, ¿por qué?

Carli decidió entonces hacerle una pregunta:

–Xavier... ¿ha habido alguien durante los últimos meses?

–¿Después del hotel?

–Sí. Sé que no es asunto mío, pero...

–Yo podría preguntarte lo mismo.

–No tienes que hacerlo, te lo aseguro. Creo que después de esa noche aprendí la lección –bromeó Carli.

–No he vuelto a acostarme con nadie –dijo Xavier.

–¿No? ¿Por qué no?

–Tenía otras cosas en la cabeza.

Emilio apareció en ese momento con una bandeja y la oportunidad de seguir haciéndole preguntas se esfumó.

–¿No te gusta la comida? –preguntó Xavier después.

–Sí, todo está muy rico.

–Pero no estás comiendo nada.

El niño se movió entonces y Carli se llevó una mano al abdomen.

–¿Qué ocurre?

–Parece que tu bebé encuentra su alojamiento un poco estrecho.

–Pues ya puedes decirle al niño que, a partir de ahora, será más y más estrecho –bromeó Xavier.

–¿Niño? ¿Qué ha sido de la niña de pelo castaño y mal carácter?

–Ya tengo una de ésas –contestó él–. Además, los Knightly siempre tienen hijos primero, es una tradición.

La expresión de Carli decía a las claras lo que pensaba de esa tradición y Xavier soltó una carcajada.

–Seguro que tú también crees que es un niño, pero te niegas a estar de acuerdo conmigo por principio.

–No tengo que estar de acuerdo contigo, ¿no?

–No, claro, pero tengo una premonición.

—¿Y esa premonición incluye nombres?

—Lo he estado pensando esta semana... Deberíamos comprar uno de esos libros de nombres.

Carli contuvo un suspiro. Cualquiera que oyera esa conversación pensaría que eran una pareja normal. Pero si no fuera por el embarazo accidental, seguramente estaría en su casa viendo alguna película en televisión, como había hecho durante los últimos cinco años... mientras que Xavier estaría de juerga con alguna amante.

—¿Pensabas cumplir tu promesa?

—¿Qué promesa? —preguntó Xavier.

—La de no volver a verme nunca.

—Soy un hombre de palabra, ya me conoces.

Ésa no era la respuesta que Carli había esperado.

—La verdad, no sé si te conozco. No sé si te conocía cuando nos casamos.

—Sí, bueno, nunca suelo revelar todas mis cartas. Eso es algo que me enseñó mi niñera.

—¿Cómo era?

—Se parecía a tu vecina, la del ascensor.

—¿En serio?

—Sí, de hecho cuando la vi pensé que era ella. Aunque había una diferencia: tu vecina no tiene la nariz roja.

—¿Eh?

—Mi niñera bebía. De hecho, se bebió el bar de mis padres poco a poco.

Carli se percató entonces de la importancia de aquella revelación. Ella siempre había pensado que estaba satisfecho con su infancia. Cuando le hablaba de ella, no parecía tener ningún problema...

¿Le había escuchado alguna vez?

¿Le había escuchado de verdad?

–¿Y se lo contaste a tus padres?

–Lo intenté una vez.

–¿Y no te creyeron?

–No les apetecía tener que buscar otra niñera –contestó Xavier–. Las palabras de mi madre fueron, y esto es literal: «No podría soportar las tediosas entrevistas otra vez. Además, no ha hecho nada malo, ¿no? ¿Qué más da que beba un poco? Si tuviera que estar pendiente de vosotros yo también me daría a la bebida».

–¿En serio? –exclamó Carli.

–Completamente.

–¿Y qué pasó?

–Un día, Imogen, mi hermana pequeña, estuvo a punto de ahogarse en la piscina. Afortunadamente, Harriet y yo la sacamos del agua a tiempo.

–¿Y la niñera?

–Estaba como una cuba.

–¿Por qué no me habías contado esto nunca?

–No sé... creo que la mujer de uno sólo debe saber las cosas importantes.

–¿Y esto no es importante? Tu hermana estuvo

a punto de morir y tú la salvaste. Mi madre murió sola mientras yo estaba tomando un helado con mis amigas...

Xavier apretó su mano.

—No digas eso. Habría muerto en cualquier momento, cuando tú estuvieras en clase, en cualquier sitio. No te culpes por la muerte de tu madre, Carli.

—Si tu hermana hubiera muerto, ¿no te culparías a ti mismo?

Él levantó las manos al cielo.

—Me parece que, a partir de ahora, voy a tener más cuidado con lo que cuente. Parece que empiezas a conocerme demasiado bien.

Carli sonrió.

—¿Crees que seremos buenos padres?

—Los mejores —contestó Xavier, absolutamente seguro de sí mismo.

—Pero sería mucho mejor si... si las cosas fueran bien entre nosotros.

—Las cosas van bien. Nos sentimos atraídos el uno por el otro a pesar de todo. ¿Qué más podríamos desear?

Ella intentó sonreír, como si estuviera de acuerdo.

—¿Quieres algo de postre? —preguntó, mirando la carta.

—No, mejor no —contestó Xavier. Lo que él quería no estaba en esa carta.

—¿Emilio no se sentirá ofendido?

–Creo que entenderá que mi apetito... va en otra dirección.

–¿Quieres que nos vayamos a casa? –preguntó Carli, nerviosa.

–Desde luego que sí –contestó él, tomando su mano.

Capítulo 9

XAVIER empezó a besarla en cuanto llegaron al garaje, sin salir del coche, algo que empezaba a convertirse en una costumbre. La besaba con urgencia, con un deseo que ni podía ni quería disimular. Y tampoco Carli quiso disimular esa noche.

Él apartó la delgada tela de su vestido para acariciar uno de sus pezones, su cálida lengua moviéndose sobre la punta en una caricia tan embriagadora que Carli dejó escapar un gemido.

Pero cuando intentó desabrochar su cinturón, Xavier la detuvo.

—No, aquí no. Vamos arriba.

Ella lo deseaba allí, en aquel momento, antes de que cambiara de opinión, de modo que desabrochó el cinturón y tiró del pantalón y los calzoncillos a la vez para acariciar su miembro desnudo.

—Eres una mujer obstinada, ¿eh?

—Desde luego que sí.

Xavier le levantó el vestido hasta la cintura, le

quitó las braguitas y se colocó encima. Carli contuvo el aliento cuando sujetó sus caderas para colocarse en la posición adecuada...

Y cuando lo sintió dentro dejó escapar un grito de placer. Allí era donde lo deseaba.

Sabía que estaba intentando contenerse, pero no pensaba dejar que bajara el ritmo, clavando las uñas en sus nalgas para empujarlo... y él lo hacía, cada vez más fuerte, aplastándola contra el asiento del coche. Sus embestidas eran salvajes y cuando por fin llegó al final, temblando, se abrazó a ella como si fuera un salvavidas.

Y Carli no quería que la soltara nunca.

Por fin, él se apartó un poco para mirarla.

–¿Por qué pones esa cara? ¿No lo has pasado bien?

Qué típico de Xavier abaratar lo que acababa de ocurrir entre ellos.

–Espero que tú sí lo hayas pasado bien –replicó, enfadada.

–Yo siempre lo paso bien contigo, Carli.

–Me alegro mucho de servir para algo.

–Oye, espera un momento... ¿qué pasa?

–Nada.

–¿Cómo que nada? Estás enfadada, pero no sé por qué. Me estás dejando fuera otra vez.

–¿Ah, sí? A lo mejor es que no me gusta que trivialices cada vez que... que...

–¿Hacemos el amor?

–Que tenemos relaciones sexuales, Xavier. No hacemos el amor.

–¿Ah, no? Bueno, como tú quieras. Me da igual cómo lo llames.

–Y supongo que también te da igual con quién te acuestas.

–No, eso no me da igual –suspiró él–. Y en cuanto a trivializar lo nuestro... lo que pasa es que, aún después de todo este tiempo, sigo sin saber qué hacer contigo, Carli. La verdad es que no creo que pueda soportar este... arreglo durante mucho tiempo.

Quería cortar con ella, pensó Carli, aterrada. Quería que se separaran.

A pesar del niño.

–Muy bien. Es posible que sea lo mejor. Yo podría quedarme en casa de Eliza –dijo Carli, abriendo la puerta del coche.

–Pero...

Xavier no pudo detenerla. Como tantas otras veces, cuando se enfadaba sencillamente desaparecía... dejando tras de sí el repiqueteo de sus tacones.

Suspirando, cerró la puerta del coche y apagó la luz del garaje.

Carli, su Carli... tan complicada.

La amaba, pensó entonces.

Por fin podía admitirlo.

La amaba, nunca había dejado de amarla.

¿Cuándo no la había querido? Sin ella, sólo estaba vivo a medias. Y en cuanto la vio en la conferencia, su corazón se puso a latir como no había latido en cinco largos años.

Quizá lo del embarazo no había sido un accidente, quizá sus genes habían decidido que ella era la única compañera posible.

El único problema era que Carli no era feliz. Ella no había querido tener hijos. ¿Cómo iba a ser feliz ahora, embarazada sin haberlo planeado?

¿Y cómo iba a convencerla de que estaban hechos el uno para el otro? ¿Cómo iba a convencerla de que debían volver a casarse porque, sencillamente, no podía vivir sin ella?

Carli estaba guardando sus cosas en la maleta con esa serena determinación que lo asustaba más que su fiero temperamento.

–¿Puedo ayudarte?

–No, gracias.

–¿Cuánto tiempo estarás en casa de Eliza?

–No lo sé, un par de días.

–Carli...

–Mira, déjalo. Los dos necesitamos respirar. Además, a Eliza y a los niños les vendrá bien un poco de compañía en este momento.

–Pero...

–No quiero que volvamos a hablar sobre nuestra... relación. No sirve de nada.

–Como tú quieras.

Xavier llevó su maleta al coche y, después de guardarla en el maletero, la vio sentarse frente al volante.

–Te llamaré –murmuró Carli, colocándose un mechón de pelo detrás de la oreja.

–Muy bien. Ya sabes dónde encontrarme.

Carli apenas podía ver la carretera porque tenía los ojos llenos de lágrimas, pero no detuvo el coche hasta que estuvo bien lejos de la casa. No quería que Xavier supiera cuánto le dolía marcharse. Aunque sólo fueran unos días.

Cuando llegó a casa de Eliza, su amiga la recibió con cara de susto.

–¿Xavier te ha echado de casa?

–No, es que... quería estar sola unos días. He venido aquí porque alquilé mi apartamento y...

–Me parece muy bien. Pero pareces cansada.

–Lo estoy. Agotada. Y me gustaría irme a la cama. ¿Te importa?

–No, claro que no. Carli...

–¿Qué?

–¿Le has dicho a Xavier lo que sientes por él?

–¿Para qué? No quiero presionarlo más, con el embarazo es suficiente.

–Pero tú quieres este niño, ¿verdad?

–¡Claro que sí!

–Has cambiado, ¿eh? –sonrió Eliza–. ¿Dónde está la Carli que no quería saber nada de ataduras?

–No sé si he cambiado o si esa otra chica existió de verdad alguna vez.

–Si Xavier te pidiera que te casaras con él, ¿dirías que sí?

–En realidad, me lo pidió cuando le dije que iba a tener un niño. Pero luego se retractó.

–¿Qué?

–Déjalo, te lo explicaré otro día –sonrió Carli–. Estoy agotada, de verdad. ¿Has visto a Aidan?

–Sí, lo vi ayer.

–¿Y?

–Le conté lo del desequilibrio hormonal.

–¿Y qué dijo?

–No dijo nada. Pero al menos no volvió a hablarme del divorcio.

–Entonces, ¿aún tienes esperanzas de que lo vuestro funcione?

Eliza se encogió de hombros.

–El tiempo lo cura todo, o eso dicen. Venga, vamos a la cama, me estás mirando como me mira Amelia cuando está muerta de sueño –sonrió su amiga, tomándola del brazo–. Por la mañana te encontrarás mucho mejor, ya verás.

Ojalá fuera verdad, pensó Carli.

Pero mientras veía levantarse el sol al amanecer, seguía sintiendo que el mundo era de un horrible color gris.

Capítulo 10

BRODY estaba llorando y, por fin, Carli decidió que sería imposible dormir. De modo que se levantó y fue a la habitación del niño para tomarlo en brazos.

–Haces mucho ruido para ser tan pequeño, ¿sabes?

Brody sonrió con su boca sin dientes, enredando las piernecillas en su cuerpo. Y Carli sintió una ola de emoción maternal, pensando en su propio hijo, que haría lo mismo unos meses después.

Su hijo. Apenas podía creerlo.

Cuando se volvió, Amelia estaba en la puerta, muy callada.

–Hola, princesa Amelia. ¿Cómo estás?

–Mi papá ya no vive aquí, con nosotros –dijo la niña.

–Ya... sí, lo sé.

–Ya no nos quiere.

–Eso no es verdad, cariño. Es que...

–¿Tú crees que es culpa mía?

–¡No, claro que no! Lo que pasa es que mamá

y papá necesitan un tiempo para... tomar decisiones, eso es todo. No tiene nada que ver contigo o con Brody. Tienes que recordar eso.

–¿Mi mamá se va a morir?

–No, cariño. Tu mamá se va a poner bien enseguida.

–¿Y mi papá volverá entonces?

Carli tragó saliva.

–No lo sé. ¿Por qué no esperamos, a ver qué pasa?

–Bueno. ¿Puedo ver la televisión?

–Ah... pues sí, supongo que sí. Pero ponla bajita para no despertar a tu mamá.

Media hora después, Eliza apareció en la cocina, con los ojos hinchados.

–Ah, ya estás despierta... ¿le has dado el desayuno a los niños?

–Sí, no tenía nada más que hacer.

–Pues no sabes cómo te lo agradezco. Ay, qué bien que estés aquí –sonrió su amiga.

–¿Sabes lo que me ha preguntado Amelia? Que si su papá ya no vivía aquí por culpa suya.

–Ay, mi niña... Pero, ¿qué puedo hacer? No puedo obligarle a volver, Carli.

–No, claro que no. Lo que necesitas es estar a solas con él, sin los niños. ¿Cuándo fue la última vez que salisteis a cenar, solos?

–Antes de que naciera Brody –contestó Eliza.

–Pues eso tiene que remediarse.

–¿Cómo? ¿Crees que Aidan querría salir conmigo ahora?

–No... pero no tiene por qué saber que es contigo con quien saldría.

–¿Qué dices, estás loca?

–No, dame el número de su móvil.

Eliza se lo dio.

–¿Qué vas a hacer?

–Mira y aprende, jovencita... ¿Aidan? Soy Carli, Carli Gresham.

–Ah, hola, Carli. Hace tiempo que no hablaba contigo.

–Sí... verás, me gustaría hablar contigo.

–Mira, Carli, yo ya tengo suficientes problemas como para involucrarme en los tuyos con Xavier...

–No, no quería hablarte de eso. ¿Podríamos cenar juntos esta noche?

–¿Cenar juntos? ¿Tú y yo?

–Tienes que cenar, ¿no?

–Sí, pero no creo que a Xavier le hiciera gracia...

–¿Estás libre esta noche o no?

–Sí, claro.

Carli le dio el nombre de un restaurante en el muelle y quedó con él a las diez.

–Muy bien, nos vemos allí.

–Gracias, Adian. Hasta luego.

Después de colgar, Carli hizo un gesto de triunfo.

–Querida, esta noche tienes una cita.

–Pero... no tengo nada que ponerme –protestó Eliza.

–Iremos de compras.

–¿Y mi pelo?

–¿Para qué están las peluquerías, cariño?

Los dos niños estaban ya dormidos cuando Carli se preparó un chocolate caliente. Acababa de dejar la taza sobre la mesa cuando sonó el timbre...

Como era muy tarde, miró por la mirilla antes de abrir.

Era Xavier.

–Hola.

–Hola. ¿Están dormidos los niños?

–Sí. Eliza no está en casa, pero... ¿quieres un café?

–Ya sé que Eliza no está en casa.

–¿Lo sabes?

Xavier sonrió.

–Mira que eres lista. Pero eres demasiado guapa y demasiado joven para hacer de hada madrina, ¿no te parece?

–¿Cómo lo has sabido?

–Porque Aidan me ha mandado un mensaje.

–¿Y qué decía? –preguntó ella, emocionada.

–Me contaba lo que había pasado.

–¿Estaba enfadado?

–Pues... si Eliza no ha vuelto a casa todavía, yo creo que muy enfadado no debe estar.

–Espero no haber metido la pata.

–No, seguro que no. A veces todos necesitamos un empujón, o un buen consejo.

–Sí, es verdad. Ojalá me lo hubieran dado a mí –murmuró ella.

–¿Qué consejo, Carli?

–Me gustaría que alguien me hubiera dicho cómo me sentiría la mañana después de haber firmado el divorcio –contestó Carli, con toda sinceridad.

–¿Lo lamentaste?

–Desde el primer día.

–Cariño... –murmuró Xavier, tomándola entre sus brazos–. Yo también lo lamenté tanto... Qué error, qué terrible error. Desde entonces, he pensado en ti cada día, he soñado contigo cada noche... incluso he deseado pelearme contigo si eso era lo único que podía hacer.

–¿No me odias?

–No.

–¿Ni siquiera un poquito?

–Ni siquiera un poquito.

–Entonces, si no me odias, ¿qué sientes por mí?

–¿No lo sabes?

Carli no quería hacerse ilusiones, pero su corazón latía con una urgencia inusitada.

–No es tan fácil saber lo que piensas, pero yo esperaba...

–¿Qué?

–Esperaba que me quisieras, aunque sólo fuera un poquito.

–Pues entonces vas a llevarte una desilusión.

–¿Por qué?

–Porque no te quiero un poquito, Carli.

–¿No?

Xavier negó con la cabeza.

–Te quiero con locura. Cuando nos divorciamos pensé que iba a volverme loco. Intenté convencerme a mí mismo de que ya no sentía nada por ti, pero era completamente imposible. Nunca he dejado de amarte, cariño mío.

–No dices eso sólo por el niño, ¿verdad?

–El niño es lo mejor que podría habernos pasado en la vida. De no ser por él, no estaríamos juntos, ¿te das cuenta? ¿Te das cuenta de cómo el destino ha querido reunirnos de nuevo? Los dos somos tan orgullosos, tan obstinados... tú querías lo que querías y yo tomaba lo que quería sin tener en consideración nada más.

–No, no fue culpa tuya –suspiró Carli–. Entonces yo era demasiado idealista, demasiado ingenua. Ni siquiera sabía lo que quería.

–¿Y lo sabes ahora?

Carli sornió.

–Lo sé muy bien. Te quiero a ti. Y también quiero a mi hijo. Y quiero seguir con mi carrera...

–¿Qué tal si te hago socia del bufete?

Carli lo miró a los ojos, incrédula.

–¿Lo dices en serio?

–Completamente. Podría llamarse Knightly, Knightly & Gresham a partir de ahora.

–A tu padre le daría un ataque si le dices que tu ex mujer va a ser socia del bufete.

–No, porque ya no serías mi ex mujer.

–¿Qué?

–¿Quieres casarte conmigo, Carli?

–Sí. En cuanto podamos arreglar los papeles –contestó ella, casi sin dejarlo terminar.

–No me lo puedo creer. Que después de tanto tiempo volvamos a estar juntos...

–Por favor, no me recuerdes el pasado. Hemos sido un desastre, los dos.

–Sí, es verdad. Yo pensé que te conformarías con tener dinero. Mi madre se conforma con eso, pero tú no tienes nada que ver... qué idiota he sido.

–No digas eso. Yo debería haberte hablado de mi familia, debería haberte contado lo de mi madre... Es verdad que ha influido mucho en mis relaciones con los demás. Cuando te pedí el divorcio ni siquiera lo decía de verdad. Estaba siendo infantil, intentando provocarte, pero fui demasiado orgullosa como para dar marcha atrás. ¿Podrás perdonarme algún día?

–Sólo si tú me perdonas por no haber intentado convencerte. Qué estúpido fui. ¿Cómo no me di cuenta de que estabas esperando que te buscase, que te hiciera cambiar de opinión? Es increíble lo ciego que he estado.

–Los dos, hemos estado ciegos los dos...

–Debiste quedarte muy sorprendido cuando aparecí en tu despacho.

–¿Sorprendido? Mi secretaria sigue contándoselo a todo el mundo.

–Me parece que me va a gustar trabajar en Knightly, Knightly & Gresham.

–Cuántas mujeres en mi vida –suspiró él–. ¿Te das cuenta de la que has liado?

–¿Yo? ¿Y tú qué?

–¿Qué he hecho?

Carli tomó su mano y la puso sobre su abdomen.

–Esto nada menos.

–Ah, esto. Espero que no me lo tengas en cuenta.

–Sólo durante cuatro meses más. Si te parece bien.

–Me parece perfecto –sonrió Xavier–. Absolutamente perfecto.

Epílogo

CARLI y Xavier sonrieron al entrar en el salón de los Knightly, lleno de juguetes. Bryce estaba rugiendo como un león mientras su nieto Angus se partía de risa. Eleanor miraba al abuelo y al niño con cara de felicidad.

—¿Algún problema? —preguntó Carli.

—No, qué va. Angus es un ángel, el niño más bueno del mundo. ¿Qué tal la cena?

—Muy bien —contestó Xavier, tomando a su hijo en brazos—. Tenemos noticias, por cierto.

—¿Noticias?

—Vamos a tener otro hijo —anunció Xavier, orgulloso.

—¡Qué maravilla! ¿Has oído eso, Bryce? Vamos a tener otro nieto.

—¡Es la mejor noticia que podíais darnos! —exclamó el mayor de los Knightly.

Eleanor abrazó a su nuera con cariño. Nada que ver con la frialdad y la falsedad del pasado. Habían tardado meses en conseguirlo, pero al fin...

No asistieron a la boda, pero todo eso había quedado atrás. Además, Carli sólo quería ver a una persona en la iglesia y esa persona acudió con una enorme sonrisa en los labios.

Xavier. Su marido.

—Mami, el abuelo dice que vamos a ir al zoo —le contó su hijo.

—¿Al zoo, en serio?

—¿Cómo hace el león, Angus? –preguntó Bryce Knightly–. Grrrrrrrrrrrrr...

Riendo, el niño escondió la cara en el cuello de su padre, mientras Xavier y Carli se miraban, divertidos.

Su sonrisa era para ella y sólo para ella. Carli conocía muy bien ese mensaje.

Decía: te quiero.

Jazmín®

El juego del amor

Shirley Jump

Estaba metida en una mansión con doce solteros empeñados en conquistar su corazón... y ganar los cincuenta mil dólares del premio

Mattie Grant se había preparado para participar en un concurso de supervivencia, pero había acabado en uno en el que ella era la presa. Mattie nunca había huido de los desafíos y no iba a hacerlo ahora, aunque se tratase de uno tan atractivo como el soltero número uno. Además, ¿qué daño podría hacerle participar en un concurso de parejas?

David Bennett, un periodista trabajando de incógnito, necesitaba una historia. Esperaba encontrar concursantes locos y los cotilleos propios de un *reality show*... hasta que una dulce sonrisa lo cambió todo.

Y lo más peligroso era que en aquel concurso no había reglas, todo estaba permitido...

Deseo®

El fuego del amor
Kathleen O'Reilly

Si había algo que Hilary Sinclair sabía, era cómo hacer una cama. Bueno, en realidad, un colchón. Era nueva en aquella fábrica de camas, pero sabía perfectamente lo que tenía que hacer. Además, lo que ella quería era empezar de nuevo en una ciudad nueva… pero resultó que su lujosa casa era cualquier cosa excepto lujosa y acabó durmiendo en la fábrica. El gran problema surgió cuando se encontró con un compañero de cama al que no conocía.

Ben MacAllister había acudido a Dallas a ayudar en la empresa familiar. Pero no esperaba encontrarse con alguien como Hilary Sinclair, tan estirada como sexy. Ella había dejado más que claro que no tenía el menor interés en él, y él no quería ningún tipo de distracción… o al menos eso decía.

Tenía que averiguar quién estaba durmiendo en la fábrica y, ¿qué mejor manera de descubrirlo que dormir allí él también?